Os
MITOS COREANOS

Os
MITOS COREANOS
UM GUIA PARA DEUSES, HERÓIS E LENDAS

HEINZ INSU FENKL
BELLA MYŎNG-WŎL DALTON-FENKL

TRADUÇÃO DE CAESAR SOUZA

EDITORA VOZES
Petrópolis

Tradução do original em inglês intitulado *The Korean Myths. A Guide to the God, heroes and Legendes*

Rua Frei Luís, 100
25689-900 Petrópolis, RJ
www.vozes.com.br
Brasil

Este livro foi composto e impresso pela Editora Vozes Ltda.

PRODUÇÃO EDITORIAL
Anna Catharina Miranda
Bianca Gribel
Eric Parrot
Jailson Scota
Marcelo Telles
Mirela de Oliveira
Natália França
Priscilla A.F. Alves
Rafael de Oliveira
Samuel Rezende
Verônica M. Guedes
Vitória Firmino

Diagramação e capa: Do original
Arte-finalização de miolo: Sheilandre Desenv. Gráfico
Revisão gráfica: Nilton Braz da Rocha
Arte-finalização de capa: Editora Vozes

ISBN 978-85-326-7128-8 (Brasil)
ISBN 978-0-500-02766-0 (Reino Unido)

Dados Internacionais de Catalogação na Publicação (CIP)
(Câmara Brasileira do Livro, SP, Brasil)

Fenkl, Heinz Insu
Os mitos coreanos : um guia para deuses, heróis e lendas / Heinz Insu Fenkl, Bella Myŏng-wŏl Dalton-Fenkl ; tradução de Caesar Souza. – Petrópolis, RJ : Vozes, 2025. – (Série Mitos)

Título original: The korean mythys.
ISBN 978-85-326-7128-8

1. Coreia – Usos e costumes 2. Lendas 3. Mitologia coreana I. Dalton-Fenkl, Bella Myŏng-wŏl. II. Título III. Série.

25-264034 CDD-398.209519

Índices para catálogo sistemático:
1. Mitologia coreana 398.209519

Eliane de Freitas Leite – Bibliotecária – CRB-8/8415

A todos os nossos professores

Sumário

Uma nota sobre romanização

Este livro usa a romanização revisada do sistema coreano, conhecido também como o sistema do Ministério da Cultura, desenvolvido pela Academia Nacional da Língua Coreana e adotado oficialmente pelo governo sul-coreano em 2000. Esse sistema é considerado mais fácil de usar e conveniente do que o sistema McCune Reischauer, ainda usado em estudos acadêmicos coreanos por não exigir o uso de caracteres especiais para marcas diacríticas. Como a Coreia do Sul ainda usa caracteres chineses (sinogramas, chamados *hanja* em coreano), aqueles são fornecidos junto à grafia fonética coreana (*hangul*) de nomes importantes, uma vez que podem prover sentidos subjacentes e ajudar a evitar ambiguidade ou confusão provocada por romanizações variáveis. Onde são relevantes, traduções literais dos sentidos de nomes são também fornecidas. Quando termos são mencionados em *hangul* e *hanja* com sua romanização, mas não explicados, é porque são simplesmente caracteres de "nomes" que, de outro modo, não têm outra leitura.

Vladivostok
Tumen
Shenyang
Monte Paektu
GOGURYEO
Tumen
Yalu
COREIA DO NORTE
Taedong
Mar do
Leste
Golfo da
Coreia
Pyongyang
Imjin
Monte Kumgang
Monte Kuwol
[Asadal]
Baekdamsa
Panmunjom
ASC
Monte Seorak
Monte Namsan
Ilha de Ganghwa
Incheon
Seul [Hanyang]
Han
Monte Taebaek
COREIA DO SUL
Gum
Nakdong
Daejeon
SILLA
Daegu
Mar
Amarelo
Haeinsa
Bulguksa
Gyeongju
[Seorabeol]
BAEKJE
GAYA
Gwangju
Estreito da Coreia
Jeju
Monte Halla
JAPÃO

EVENTOS-CHAVE

c. 2333 AEC-108 AEC:	Coreia Antiga: Gojoseon (고조선 / 古朝鮮)
37 AEC-668 EC:	Os Três Reinos: Goguryeo (고구려 / 高句麗) Baekje (백제 / 百濟) e Silla (신라 / 新羅)
42-562 EC:	Gaya (가야 / 伽倻)
668-935:	Silla Unificado
918-1392:	Goryeo (고려 / 高麗);
1270-1356:	sob domínio mongol
1392-1910:	Joseon (조선 / 朝鮮)
1910:	Coreia é anexada pelo Japão
1945:	Coreia é libertada do domínio japonês
1945-1948:	A Península Coreana é dividida ao longo do Paralelo 38
1948:	A República da Coreia (Coreia do Sul) e a República Popular Democrática da Coreia (Coreia do Norte)
1950-1953:	A Guerra da Coreia

LEGENDA DO MAPA

★ Capitais

■ Cidades importantes

▲ Montanhas importantes

☸ Templos budistas importantes

INTRODUÇÃO

De sua história tumultuosa, marcada por reinos concorrentes, invasões estrangeiras e pela Guerra da Coreia, até sua emergência como uma potência econômica global e criadora de tendências culturais, a Coreia do Sul se coloca como um testamento de resiliência e inovação no delicado equilíbrio entre tradição e modernidade. A rápida industrialização e políticas de crescimento orientadas à exportação – adotadas muitas vezes às custas de liberdades políticas – impeliram a Coreia do Sul para as posições de grande potência global nas últimas décadas do século XX, e, hoje, é lar de corporações multinacionais como Samsung, Hyundai, Daewoo e LG. A repressão política sob seus presidentes e ditadores autocráticos deu lugar à democratização autêntica, embora problemática, e o envolvimento político da geração mais jovem, aliado a uma consciência crescente dos problemas sociais, está moldando a evolução democrática do país. Essa jornada da devastação pós-guerra ao dinamismo de liderança mundial, referido como o "milagre no Rio Han", é lendária. Hoje, a Coreia do Sul tem a atenção do mundo.

Em meados da década de 1980, enquanto a Coreia do Sul antecipava sediar os Jogos Olímpicos de Verão de 1988, o governo já havia começado a campanha do *gukjegyo* (국제교), ou "internalização" – a ideia segundo a qual a Coreia começaria a exportar sua cultura do mesmo modo que vinha exportando com sucesso seus produtos materiais. O objetivo último era que a cultura da Coreia tivesse uma proeminência internacional equivalente à sua economia. *Gukjegyo* termina soando quase identicamente a *gukjaegyo* (ponte diplomática). Motoristas de táxi ouviam lições diárias de inglês em seus rádios enquanto faziam suas corridas ao redor de Seul como preparação para os jogos. O número 88, ou *palpal* (팔팔), tornou-se uma tendência – estava em toda parte, de nomes de cafés e restaurantes aos logos de pequenas companhias manufatureiras. Palpal soa como o efeito sonoro em coreano de uma fervura rápida, e pode significar "febril" ou "difícil". A Coreia estava, literalmente, em plena "febre 88", e os resultados de longo prazo do patrocínio da nação desses Jogos de Verão ainda é visto hoje na Onda Coreana. A onda K, ou *hallyu*, tornou-se um fenômeno global, apresentando ao mundo a cultura pop, música, dramas televisivos e filmes do país. Grupos k-pop como BTS e Blackpink atingiram sucesso internacional sem precedentes, atraindo milhões de fãs ao redor do mundo. Dramas coreanos, conhecidos por seus enredos viciantemente cativantes e elevados valores de produção, também ganharam imensa popularidade, transcendendo fronteiras culturais e barreiras de linguagem – provando que americanos podem ler legendas. O *hallyu* espalhou interesse mundial pela língua, folclore e cultura tradicional da Coreia.

A Península Coreana está atualmente dividida em dois países: a República da Coreia e a República Popular Democrática da Coreia, conhecidas, geralmente, como Coreia do Sul e do Norte, respectivamente. Essa divisão resultou da complexa dinâmica geopolítica anterior à Segunda Guerra Mundial, e em suas repercussões: em 1945 a península foi dividida ao longo do Paralelo 38 em duas zonas, com a zona norte ocupada pela União Soviética e a zona sul ocupada pelos Estados Unidos. As tensões entre a Coreia do Norte e do Sul escalaram, levando à eclosão da Guerra da Coreia em 1950, quando forças norte-coreanas, apoiadas pela União Soviética e pela China, invadiram a Coreia do Sul. A Guerra da Coreia devastou a península inteira, deixando praticamente cada cidade importante em ruínas e quase três milhões de civis mortos. Terminou com um armistício em 1953, mas nenhum tratado formal de paz jamais foi assinado. Ironicamente, os países permaneceram divididos ao longo praticamente do mesmo Paralelo 38 como antes da guerra, mas o conflito resultou na separação de cerca de dez milhões de famílias, um legado agregado de sofrimento. Como resultado, a Península Coreana permanece uma das regiões mais pesadamente militarizadas e politicamente tensas do mundo. Mas, embora as duas Coreias sejam países relativamente jovens, com sistemas políticos e econômicos claramente diferentes, compartilham uma herança cultural que data de cerca de 5.000 anos, incluindo uma língua e tradições comuns, bem como um grande corpo de mitologia. Grande parte da discussão dos mitos coreanos neste livro tratará "Coreia" como um todo, com sua herança compartilhada, a menos que haja uma razão particular para focar em uma ou outra.

A PENÍNSULA COREANA

A geologia, geografia e clima da Coreia desempenham um papel central em seus mitos. A Coreia é um dos países mais montanhosos do mundo – mais de 70% da península é coberta de colinas e montanhas (embora somente algumas sejam de grande elevação). Por isso, boa parte da mitologia da Coreia gira em torno de montanhas sagradas. A Coreia também possui uma estação de monções, e enchentes e deslizamentos de terra aparecem muitas vezes em seus mitos e contos populares. A península é também de valor estratégico – um antigo provérbio coreano descreve sua posição entre as maiores potências como "um camarão entre baleias" – e a rebelião e trapaça diante da oposição poderosa são temas recorrentes nas histórias coreanas.

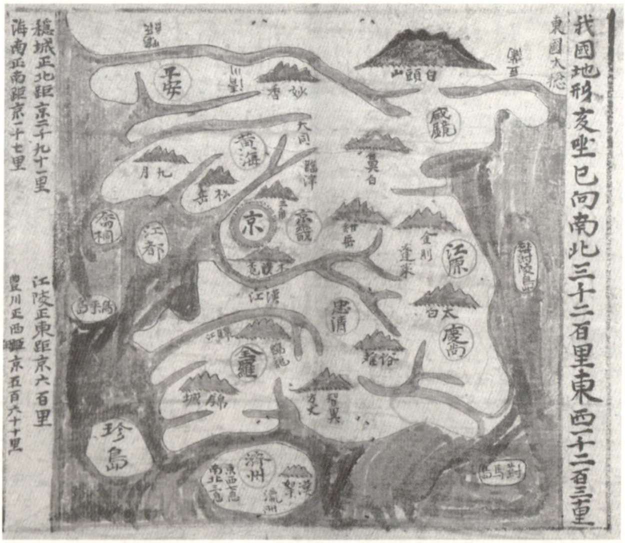

Um mapa antigo da Coreia, criado durante o começo da Dinastia Joseon, apresentando as oito províncias da Coreia.

A Coreia do Sul está situada na parte sul da península coreana e inclui a Ilha de Ganghwa e a de Jeju, junto a milhares de pequenas ilhas. Sua capital, Seul, é uma das maiores e mais dinâmicas cidades do mundo. A Coreia do Sul foi estabelecida como uma república democrática em 1948 sob a liderança do Presidente Syngman Rhee (que foi empossado pelos americanos), mas sua história política tem sido volátil. Syngman Rhee renunciou em 1960, após protestos políticos gerais em função de sua corrupção, e o General Park Chung-hee assumiu o poder em um golpe militar em 1961. Mesmo quando o país restabeleceu a democracia na década de 1990, acusações de corrupção permaneceram predominantes. Todavia, a Coreia do Sul é agora uma democracia próspera com uma economia orientada para o mercado que tem influência global e uma forte ênfase em tecnologia e desenvolvimento industrial.

Como um coreano nomeou a América

Quando um grande criador de mapas europeu de tempos antigos estava finalizando seu mapa do hemisfério ocidental ainda não tinha um nome para os continentes lá. Perguntou em toda parte, até que, finalmente, chegou a um coreano. "Como deveria nomeá-lo?", ele perguntou. O coreano estava ocupado, como coreanos geralmente estão. Incomodado, gritou: "*Amureokkaena!*", significando "Como você quiser!" O criador de mapas, sem saber coreano, entendeu mal. "Amerika!", disse. "Que belo nome". É por isso que os continentes no hemisfério ocidental são chamados "América".

A Coreia do Norte está situada na parte norte da península coreana do Paralelo 38, onde os soviéticos fizeram desembarques anfíbios no dia anterior à rendição do Japão em 1945, marcando a complexa dinâmica política envolvida no começo das histórias separadas da Coreia do Norte e do Sul. Sua capital é Pyongyang. A Coreia do Norte é conhecida por seu governo autoritário, uma ditadura militar de fato liderada pela "dinastia" governante Kim, que tem estado no poder desde a fundação do país em 1948. Kim Il-sung, o primeiro governante, instituiu uma ideologia de autossuficiência estrita mesmo quando a economia era baseada de fato na indústria pesada e na agricultura no modelo stalinista com ajuda substancial da União Soviética e da China. No fim da década de 1960, o padrão geral de vida na Coreia do Norte era marcadamente melhor do que na Coreia do Sul. Mas aquela enfrentou severos desafios econômicos após o colapso da União Soviética na década de 1990, devido ao seu isolacionismo rígido e autoimposto. Contudo, a linhagem Kim está agora em sua terceira iteração, com Kim Jong-un (o "líder supremo"), filho de Kim jong-il (o "líder querido" e "estrela-guia") e neto de Kim Il-sung (o "sol da nação" e "presidente eterno"), no poder. O país possui uma economia centralizada, controlada por seu Partido Comunista, e está isolado do resto do mundo em função de seu sistema político fechado e de seu programa de armas nucleares, que é usado periodicamente como uma ameaça à segurança global.

A jurisdição norte-coreana também se estende a ilhas próximas à península, incluindo várias ilhas no Rio Yalu que corre entre a Coreia do Norte e a China. Muitos mitos fundacionais da Coreia envolvem locações na Coreia do Norte, e o primeiro reino coreano semimítico de Gojoseon (também chamado Joseon) se estendeu ao que é agora a Manchúria. Ao longo dos milênios, os vários reinos que ocuparam a península coreana experienciaram muitos nomes diferentes, mas, desde a unificação da península, com a fundação de Joseon no século XII, somente dois termos têm sido aplicados à Coreia.

JOSEON (조선/朝鮮)

A Dinastia Joseon foi o último reino dinástico da Coreia e incluía a Casa de Yi, que governou a península de 1392 a 1910. "Joseon", como vem do chinês, significa, literalmente, "manhã brilhante", que deu origem à denominação inglesa do fim do século XIX "a terra da manhã calma". O primeiro caractere, 朝, também pode ser lido como "na direção da", sugerindo que o nome pode originalmente ter designado um reino para o leste, "na direção da manhã". O nome Joseon é geralmente usado para referir tanto à dinastia como ao período na história coreana abrangido por seu governo.

Na Coreia do Norte, "Joseon" é usado para referir a Coreia como uma cultura e os coreanos como um povo. Os norte-coreanos se referem a si como *Joseon saram*, que significa "povo Joseon", embora o nome oficial para a Coreia do Norte seja *Joseon Minjujui Inmin Gonghwaguk* (조선민주주의인민공화국), a República Popular Democrática da Coreia. Os norte-coreanos chamam a Coreia do Sul *Nam Joseon* (남조선), que significa "Joseon do Sul".

HANGUK (한국/韓國)

Esse é o nome sul-coreano moderno para o país, abreviação de *Daehan Minguk* (대한민국/大韓民國), literalmente, "a nação do grande povo Han" e é oficialmente traduzida como "a República da Coreia". A palavra Han (韓) não é a mesma usada para a Dinastia Han (漢) ou o povo Han da China. Os sul-coreanos se referem a si como *Hanguk saram* ou *Hanguk in*, "povo coreano". Eles chamam a Coreia do Sul *Namhan* (남한/南韓), literalmente, "Han do Sul", e a Coreia do Norte *Bukhan* (북한/北韩), literalmente, "Han do Norte".

Coreia

A palavra "coreia" é derivada de "goryeo", que se refere à Dinastia Goryeo, que governou entre 981 e 1392, antes da Dinastia Joseaon. "Goryeo" foi anteriormente romanizada como koryŏ ou koryeo, que terminou se tornando a grafia corrente de Coreia. A grafia foi influenciada também pelo termo francês para Coreia, "Corée", que resultou, por um tempo, na grafia híbrida anglicizada "Corea" para se alinhar com a grafia de Joseon, que foi anteriormente romanizada como Chosen, Chosŏn e Choseon em épocas diferentes. Coreanos étnicos na Rússia e na Ucrânia se referem a si como "*Koryo saram*", "povo Koryo".

REI SEJONG O GRANDE, E *HANGUL*

O Rei Sejong o Grande (세종대왕/世宗大王, que pode ser lido como "ancestral nobre do grande rei") foi o quarto rei da Dinastia Joseon, tendo governado de 1418 a 1459, um período muitas vezes chamado a "idade do ouro de Joseon". Ele é amplamente considerado um dos monarcas mais influentes e esclarecidos na história coreana, conhecido particularmente por sua sabedoria compassiva e suas contribuições para avanços na ciência, cultura e artes. Sejong também implementou reformas legais para assegurar um sistema legal imparcial e justo, estabelecendo o Escritório do Inspetor Geral, que serviu para monitorar e relatar corrupção no governo.

Dentre todas as suas realizações, o Rei Sejong é melhor lembrado por seu protagonismo na criação do *hangul*, o alfabeto fonético coreano, que é considerado um dos sistemas de escrita mais científicos e eficientes do mundo hoje. Ele o introduziu em 1443 para promover a alfabetização entre as pessoas comuns, porque o sistema de escrita então existente, os caracteres chineses clássicos (*hanja*), era complexo e de difícil acesso à população geral. De acordo com a lenda, o Rei Sejong se esforçou por anos para conceber as formas das letras até que uma noite, exausto, notou as formas geométricas na moldura de madeira dos painéis de sua porta de papel de arroz. Em um momento eureca deu-se conta de que aquelas formas seriam familiares a todos e as adotou como a estrutura básica do alfabeto

Uma estátua do Rei Sejong o Grande, Praça Gwanghwamun, Seul.

coreano. Outra lenda sugere que um jovem estudioso (ou um dos filhos do Rei Sejong), preocupado com a saúde do rei, ajudou-o pintando as formas das letras com mel sobre o papel de arroz dos painéis da porta. Quando insetos comeram o papel doce, deixaram as formas das letras como buracos no papel. O rei considerou esse um sinal divino e usou as formas para o *hangul*.

O *hangul*, que foi o produto de muitos anos de pesquisa e desenvolvimento tanto por parte do Rei Sejong como dos integrantes de seu Salão de Dignitários (o instituto real de pesquisa que estabeleceu), é tão eficiente que diz o provérbio: "Uma pessoa inteligente pode aprendê-lo em um dia e mesmo uma pessoa tola pode aprendê-lo em dez". É precisamente por isso que o novo sistema de escrita foi inicialmente denegrido pela classe superior letrada: era muito fácil de aprender e poderia apresentar problemas políticos ao criar um campesinato educado. Era chamado a "escrita vulgar", a "escrita de crianças" e mesmo a "escrita das mulheres". O *hangul* foi banido

大東千古開矇矓
用字例
初聲ㄱ。如감爲柹。골爲蘆。ㅋ。如우
케爲未舂稻。콩爲大豆。ㆁ。如러울
爲獺。서에爲流凘。ㄷ。如뒤爲茅。담
爲墻。ㅌ。如고티爲繭。두텁爲蟾蜍。
ㄴ。如노로爲獐。납爲猿。ㅂ。如볼爲
臂。벌爲蜂。ㅍ。如파爲葱。풀爲蠅。ㅁ。

Uma página do *Hunminjeongeum*, um livro de 1446, que explica a criação do *hangul* e sua lógica. Esse título era também o antigo nome do próprio *hangul*.

de fato em 1504 por Yeonsangun (que é amplamente considerado o pior governante da história coreana), quando plebeus o usaram para debochar dele, mas foi mantido vivo por mulheres, monges budistas, e, mais tarde, por cristãos. Continuou a ganhar popularidade ao longo dos anos, até que foi adotado como sistema de escrita oficial da Coreia em meados de 1800. O *hangul* foi banido uma vez mais em 1910, quando a Coreia foi colonizada pelos japoneses, e se tornou um símbolo da identidade coreana e de subversão até a Coreia se libertar do Japão em 1945.

Etimologia coreana e sino-coreana

hangul	*hanja*	*romanização*
산수	山水 (montanha + água)	

A literatura coreana envolve uma grande quantidade de jogos de palavras complexos e divertidos baseados nesse uso dual dos sistemas *hangul* e *hanja*. O *hangul* (a escrita nativa) é um alfabeto fonético, de modo que cada letra individual em *hangul* não tem um significado por si. Os correspondentes *hanja* (caracteres chineses emprestados) são importantes porque permitem que se veja o significado subjacente de cada caractere individual, do mesmo modo como prefixos e sufixos latinos e gregos podem iluminar o significado de uma palavra sem ter de confiar em sinais contextuais. Uma palavra coreana para "paisagem" ou "cenário", por exemplo, é *sansu*, traduzida em *hangul* como 산수 e em *hanja* como 山水. Ambas as versões têm a mesma pronúncia e são romanizadas do mesmo modo. Outra palavra, grafada identicamente, 산수, mas sem correspondente *hanja*, significa "aritmética", enquanto outra ainda 산수 com o *hanja* 山獸 tem a leitura literal de "animal da montanha" e significa "animal selvagem", embora também seja grafada 산수 em *hangul* e também romanizada como sansu.

O QUE É MITO?

Para os propósitos deste livro, "mito" se referirá a mais do que a definição tradicional e acadêmica da palavra. Na fala comum, as pessoas muitas vezes agrupam mito, lenda e folclore em vez de aderir estritamente às suas definições, e os autores deste livro querem refletir esse fato e oferecer um *insight* mais amplo das ideias que moldam a cultura coreana. A propaganda nacionalista que permeia a mítica também será discutida. Dito isso, também é útil saber o que separa esses termos e categorias uns dos outros.

Um mito é uma história tradicional ou sagrada, tipicamente de origem antiga, que explica as crenças, práticas, costumes ou fenômenos naturais de uma sociedade ou cultura. Mitos muitas vezes apresentam deuses, entes sobrenaturais ou heróis lendários, e são tipicamente transmitidos de geração a geração por meio da tradição oral. Isso significa que não são necessariamente escritos, mas são compartilhados pela contação de histórias em uma comunidade ou cultura.

Mitos servem a vários propósitos em uma cultura ou sociedade, que podem incluir e explicar fenômenos naturais – os mitos muitas vezes fornecem explicações para eventos naturais ou características do mundo, como a origem das estrelas, a mudança de estações, ou a criação de referências geográficas. Mitos também transmitem frequentemente lições morais ou valores culturais. Podem ilustrar comportamentos desejados e virtudes morais, ou consequências de certas ações. Essas histórias podem ser usadas para reforçar normas e éticas societais. De um modo similar, mitos podem legitimar a autoridade de governantes, líderes ou instituições alegando validação divina ou sobrenatural. Mitos também podem ajudar a preservar a identidade da cultura narrando sua história, origens e características únicas, e muitas vezes reforçam um senso de herança compartilhada por um povo. Finalmente, alguns mitos simplesmente fornecem entretenimento com narrativas que cativam audiências com seus caracteres imaginativos, aventuras e mistérios.

No uso coloquial, o termo "mito" também é usado para descrever uma crença, história ou ideia amplamente sustentada, mas falsa ou exagerada – algo que é comumente aceito ou repetido, mesmo que possa não se basear em evidências factuais. Nesse sentido, as pessoas podem dizer que algo é um “mito” para indicar que é um equívoco, uma falácia ou uma noção popular, mas falsa. Neste livro, raramente usamos mito nesse significado da palavra, a menos que estejamos discutindo uma noção ou crença popular que ilustre a cultura coreana de formas subjacentes. Exploramos o modo como os mitos muitas vezes nos falam muito sobre a história e a cultura coreanas, seja sua substância literalmente verdadeira ou não.

Como um mito, uma lenda é uma narrativa ou história tradicional que é transmitida através das gerações via tradição oral. Contudo, lendas são tipicamente baseadas em povos, lugares ou eventos históricos reais, embora esses possam ter sido embelezados ou distorcidos

Uma pintura popular da era Joseon de um tigre e pegas, um tema frequente de pinturas coreanas, juntando a inteligência das pegas e a autoridade e poder dos tigres.

ao longo do tempo através das narrativas. Muitas vezes contêm elementos sobrenaturais, feitos heroicos ou eventos extraordinários. Lendas também são muitas vezes culturalmente importantes, servindo a propósitos culturais, morais ou educacionais. Podem transmitir lições, valores ou advertências, e podem reforçar a identidade ou visão de mundo de um grupo. Muitas vezes ofuscam a linha entre fato e ficção. Incorporam elementos sobrenaturais ou milagrosos que desafiam o realismo estrito, mas podem conter um cerne de verdade, especialmente quando são histórias de origem.

O folclore se refere ao conhecimento coletivo e expressões criativas de uma comunidade e reflete valores, tradições e identidade desse grupo. Abrange tanto mito como lenda, bem como histórias, provérbios e charadas populares, mas também inclui elementos não narrativos, como canções, danças, rituais e costumes. Essas crenças, histórias e costumes são tipicamente transmitidos informalmente através de gerações de uma comunidade muito unida, seja oralmente ou por outros meios, como canções, danças e artes visuais. O folclore desempenha um papel vital na preservação e expressão da identidade cultural de uma comunidade ou grupo. Reflete história, valores e visão de mundo compartilhados dessa comunidade. É definido pela adaptação e continuidade (i.e., tradição "viva") – o folclore não é estático, mas evolui ao longo do tempo, uma vez que se adapta às mudanças sociais e culturais e aos contextos históricos. A despeito dessas adaptações, muitas vezes mantém um senso de continuidade e conexão com o passado. Exemplos de folclore incluem lendas urbanas, canções populares tradicionais, jogos infantis, rimas, cantigas de roda, piadas, mitos de criação, superstições, contos de fada e costumes associados a feriados e festivais.

MITO E RELIGIÃO

Em um contexto religioso, mitos muitas vezes servem como narrativas explicativas que ajudam os fiéis a compreenderem as origens de sua fé, a natureza do divino e os princípios morais e éticos que guiam suas vidas. Do mesmo modo, de um ponto de vista secular, mitos que se originam em uma tradição religiosa oferecem *insight* sobre essa visão de mundo. Como os mitos são tão profundamente entrelaçados a crenças e práticas religiosas, e são muitas vezes veículos para expressar ideias religiosas e filosóficas, conhecer os antecedentes religiosos de uma cultura ou tradição – particularmente uma tão complexa como a da Coreia – pode ajudar a decifrar os aspectos simbólicos e metafóricos dos mitos, permitindo uma compreensão mais plena daquilo que transmitem.

É importante notar que muitos coreanos incorporam elementos de múltiplos sistemas de crenças em suas práticas espirituais. Por exemplo, algumas pessoas podem seguir tradições budistas enquanto também participam em rituais confucianos e celebram o Natal. A Coreia, em geral, possui um panorama religioso dinâmico e diverso, e há várias religiões e sistemas de crenças importantes praticados ao longo da península. Mesmo na Coreia do Norte, onde a ideologia estatal é antirreligiosa, há tolerância da prática budista e um reconhecimento da religião nativa cheondogyo bem como de um pequeno número de cristãos. A Coreia do Norte também é, sob muitos aspectos, um novo tipo de teocracia no qual a adulação da linhagem Kim é equivalente à prática religiosa e ressoa com mitos de outras tradições como o taoismo e o xamanismo. A Coreia, como um todo, exibe um alto grau de sincretismo – ou seja, a mistura de diferentes tradições religiosas – em suas práticas religiosas, e, assim, seus mitos tendem a ser expressões complexas de sincretismo.

O que é sincretismo?

"Sincretismo" se refere a um amálgama ou fusão de diferentes ideias e tradições. Os mitos e religiões da Coreia têm sido sincréticos por muitos séculos, uma vez que crenças mais novas adaptam as ideias de crenças mais antigas e tradições nativas incorporam elementos das novas religiões. Em diferentes momentos ao longo da história coreana, instituições religiosas ou políticas dominantes, bem como poderes coloniais, tentaram suprimir tradições como o xamanismo, o cristianismo e o budismo, mas os coreanos sempre lutaram para manter seu sistema de crenças vivo.

Por essas razões, é necessário contextualizar brevemente as tradições religiosas antes de apresentar mitos que podem ser derivados de ou influenciados por elas (fazemos uma discussão mais detalhada sobre as religiões da Coreia no capítulo 2). As principais religiões na Coreia do Sul são sumarizadas abaixo, com percentuais aproximados com base em estimativas de uma pesquisa Gallup Coreia de 2021, mas observe que o confucionismo não é correntemente classificado como uma religião na Coreia e que o xamanismo foi, ao longo dos anos, alterado para a categoria "não religião" por razões políticas.

XAMANISMO

O xamanismo é nativo da Coreia e tem sido uma parte integral de sua cultura desde tempos neolíticos (8000-1400 AEC). Embora tenha declinado acentuadamente em proeminência comparado ao passado, rituais e crenças xamânicos ainda permeiam a consciência nacional. Como o xamanismo sempre incorporou prontamente elementos de outras tradições, adaptou-se a inovações recentes em tecnologia e é agora uma parte próspera da cultura internética da Coreia.

TAOISMO

O taoismo também foi trazido à Coreia via China, por volta do século VII, e, embora nunca tenha se estabelecido como uma religião institucional importante, suas ideias filosóficas, ideais estéticos, práticas meditativas e conhecimento médico estão profundamente integrados à cultura coreana. Há poucos templos taoistas na Coreia, mas seus santuários e deidades podem ser encontrados entre santuários xamânicos e são lugares-comuns no folclore coreano. O simbolismo da bandeira da Coreia do Sul, com seu *taegeuk* e trigramas, é um exemplo fundamental da influência taoista.

CONFUCIONISMO

O confucionismo foi introduzido na Coreia a partir da China no fim do século XIII, e tem sido a tradição cultural dominante

***Taegeukgi*, a bandeira coreana**

A profunda influência da filosofia taoista na cultura coreana pode ser vista facilmente no desenho da bandeira sul-coreana, chamada *Taegeukgi* (태극기). O *taegeuk*, um símbolo coreano tradicional que representa os conceitos taoistas de dualismo, equilíbrio e harmonia, tem sedo exibido na bandeira sob várias formas desde tempos antigos.

Entre 1910 e 1945, quando a Coreia esteve sob o domínio colonial japonês, o uso da *Taegeukgi* era proibido e severamente punido – a bandeira japonesa era usada em todos os espaços públicos. Foi somente após a libertação da Coreia no fim da Segunda Guerra Mundial que o país foi capaz de reafirmar sua identidade nacional.

A bandeira atual da Coreia do Sul foi adotada oficialmente em 15 de outubro de 1949. O *taegeuk* é um círculo espiralado com uma metade clara (yang) e uma metade escura (yin), cercado por quatro trigramas do *I Ching*. Cada trigrama simboliza um dos quatro elementos cardeais e representa várias forças e conceitos naturais:

☰ (Geon/건): céu, ar, pai, primavera, leste
☵ (Gon/곤): lua, água, filha, verão, norte
☲ (Gam/감): sol, fogo, filho, outono, sul
☷ (Lee/리): terra, mãe, verão, oeste

na Coreia nos últimos 500 anos; não sendo sem razão, portanto, a Coreia ser considerada a nação mais confucionista do mundo. Embora, tipicamente, não classificado como uma religião, o confucionismo permeia todos os aspectos da vida coreana e possui uma tremenda influência nos valores éticos e morais, educação e hierarquia social (particularmente a hierarquia de gênero).

BUDISMO

O budismo foi trazido à Coreia no século IV EC e prosperou na "idade de ouro" do período Grande Silla (668-935), mas foi ativa-

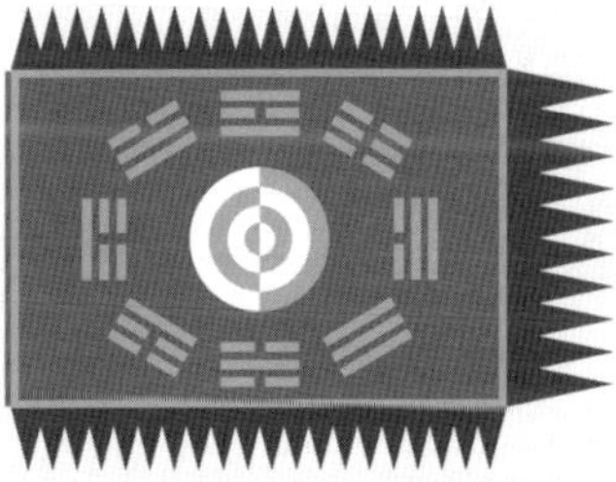

A bandeira real da Dinastia Yi (era Joseon), mostrando todos os oito trigramas (1882-1907).

Bandeira do Império Coreano da mesma era e precursora da bandeira moderna.

Considera-se que o fundo branco da bandeira derive da vestimenta tradicional coreana chamada *hanbok*, que simboliza pureza, paz e o desejo de unificação entre a Coreia do Norte e a do Sul. A *Taegeukgi* incorpora a filosofia coreana do *Hongik Ingan* (홍익인간), "pelo benefício de toda humanidade". Não é somente uma representação da identidade nacional da Coreia do Sul – o Estado –, mas também um símbolo da identidade cultural da própria Coreia e de seu povo. Por essa razão, há poucos incidentes de sua dessecração mesmo durante protestos políticos violentos.

mente suprimido durante a subsequente era Joseon (1392-1910). O budismo experienciou um retorno após a Guerra da Coreia, e, até a última década, quando um número crescente de sul-coreanos começou a se identificar como não religioso ou secular, era uma das tradições religiosas dominantes na Coreia. Em uma pesquisa de 2021, 16% dos coreanos se identificavam como budistas, enquanto 60% se identificavam como "sem religião", muitos dos quais da geração mais jovem. Templos budistas podem ser encontrados ao longo da Coreia (mesmo na Coreia do Norte). A Ordem Jogye, uma seita seon (zen), é a maior.

Um pergaminho suspenso de Gwanseeum, da Dinastia Joseon tardia, uma deidade central no budismo coreano. Um dragão-rei se encontra no canto esquerdo inferior e um buda em cada canto superior.

CRISTIANISMO

O catolicismo foi introduzido na Coreia via China no começo do século XVIII, e o protestantismo foi trazido por missionários no fim do século XIX. No século XX, embora o número de católicos declinasse, a Coreia era considerada uma história de tremendo sucesso para o protestantismo, que cresceu rapidamente e se tornou uma força política importante após a democratização na década de 1990. Hoje, a Coreia fica atrás apenas dos Estados Unidos em número de missionários enviados ao mundo, e 25% dos coreanos se identificam como cristãos (17% protestantes, 6% católicos).

1

COSMOGONIA E OUTRAS ORIGENS

OS MITOS DA CRIAÇÃO

Os mitos cosmológicos descrevem tipicamente as origens fundamentais das coisas: a luz a partir da escuridão; a ordem a partir do caos; a criação do universo, da Terra e dos corpos celestes. Os povos antigos da Coreia contavam várias histórias de origem cosmológica, transmitidas, inicialmente, através da tradição oral e, com o tempo, registradas por escrito. Essas narrativas, que fornecem explicações para as origens do mundo, da humanidade e dos fenômenos naturais, tendem a variar conforme a região. De um modo interessante, aquelas que contam a criação do mundo não serão encontradas em documentos históricos, mas nas ainda prósperas tradições orais de xamãs que retroagem à Antiguidade e foram registradas apenas em tempos relativamente recentes. As mais conhecidas dessas são *muga*, ou canções dos "xamãs", dos extremos opostos da Coreia – as partes mais ao norte e as partes mais ao sul.

A Changsega (창세가/創世歌)

A Changsega ("Canção da criação") é a canção dos xamãs da província do norte de Hamgyeong que conta a criação do mundo e dos entes humanos. Provavelmente, é uma variante de uma canção mais antiga, com os nomes das figuras divinas – Mieruk (미륵/彌勒) e Seokga (석가/釋迦) – alterados em algum momento após a introdução do budismo na Coreia. Mireuk e Seokga são budas na tradição mahayana, que é a forma dominante de budismo na Coreia. Seokga é a forma coreana de Shakyamuni, o buda histórico (Siddhartha

Gautama), que fundou a religião, e Mireul é o nome coreano de Maitreya, o futuro Buda que ainda não existe neste mundo porque nascerá somente após os ensinamentos do buda original estarem perdidos. Parece estranho que uma canção de xamã, e particularmente uma tão importante como a narrativa da criação, apresentasse figuras budistas como seus atores principais, mas isso é típico do sincretismo religioso característico do xamanismo coreano. Uma versão da história registrada em 1923 contada por Kim Ssangdol, um grande *manshin* (um xamã que poderia ser possuído por espíritos), diz o seguinte:

> Há muito, céu e terra eram um só, sem espaço entre eles para que existisse um mundo. Então, um dia, uma fenda surgiu entre ambos, e o deus Mireuk (Maitreya) colocou pilares de cobre nas quatro direções para manter o céu e a terra separados. Na época havia dois sóis e duas luas, de modo que Mireuk pegou um sol e uma lua e formou as estrelas e constelações, com a lua se tornando a Ursa Maior e as sete estrelas do Sul, e o sol se tornando as estrelas pequenas e grandes que são os destinos de reis e pessoas comuns. Em toda parte, de montanha a montanha, crescia a araruta, e, assim, ele a cortou e fez para si um robe de fibras e um capuz. Não havia fogo na época e tudo era comido cru. Mireuk partiu em busca de fogo e água. Primeiro, perguntou ao gafanhoto onde poderia encontrá-los, e ele lhe disse: "Como saberia? Bebo orvalho à noite e como luz do sol de dia. Pergunte ao sapo". Assim, Mireuk perguntou ao sapo e o sapo lhe disse: "Não sei. Pergunte ao rato". Quando Mireuk perguntou ao rato, esse lhe disse: "O que me dará em troca? "Dar-lhe-ei acesso a todos os celeiros do mundo", respondeu Mireuk. Assim, o rato lhe disse: "Vá ao Monte Gumjeong. Lá, encontrará pedra e ferro. Bata um contra o outro e isso produzirá fogo. Depois, vá ao Monte Sohwa, e verá água". Assim, Mireuk foi ao topo do Monte Gumjeong e criou faíscas e fogo ao chocar quartzo contra ferro-gusa. Do Monte Sohwa,

viu algo cintilante, estendendo-se a distância. Foi assim que encontrou rios, lagos e o oceano.

Mireuk estava só no mundo, então segurou uma bandeja de ouro em uma mão e uma bandeja de prata na outra, orando aos céus. Cinco lagartas desceram sobre cada bandeja. As da bandeja de ouro se transformaram em homens, as da bandeja de prata, transformaram-se em mulheres. Esses humanos lhe fizeram companhia e povoaram o mundo. Tudo era pacífico. Mas, quando o deus Seokga (Shakyamuni) viu tudo isso ficou com inveja de Mireuk, e quis terminar seu tempo como governante do mundo. Assim, Seokga desafiou Mireuk a uma série de disputas. Primeiro, competiram para ver quem podia extrair mais água do mar do leste. Mireuk venceu. Depois, Sokga o desafiou a congelar o Rio Seongcheong no verão; Mireuk venceu novamaente. Agora, Seokga propunha uma terceira disputa. Ele disse: "Vamos dormir. Se uma peônia brotar de meu corpo, então, o mundo é meu. Se brotar do seu, então, o mundo é seu". Mireuk caiu em um sono profundo e uma peônia brotou em seu corpo, mas Seokga, que dormiu intermitentemente como um ladrão, não tinha flor. Ele removeu a flor de Mireuk e a colocou em seu colo, vencendo, assim, a competição. Mireuk honrou o acordo e deixou o mundo sob o comando de Seokga, mas o amaldiçoou por sua trapaça, dizendo: "Você trouxe o mal e o sofrimento para este mundo". Ele lhe disse como cada cidade teria xamãs, cortesãos e açougueiros – pessoas de classes desprezadas – e que três mil monges budistas e mil eremitas apareceriam. O tempo de Seokga seria a época final.

Quando os monges apareceram, três dias depois, Seokga os levou a uma montanha e capturou cervos, espetou sua carne, cozeu-a e a deu aos monges. Mas dois deles não comeram a carne – eram homens verdadeiramente santos. Quando morreram, tornaram-se as rochas e pinheiros em cada montanha, e é por isso que ainda são honrados na primavera.

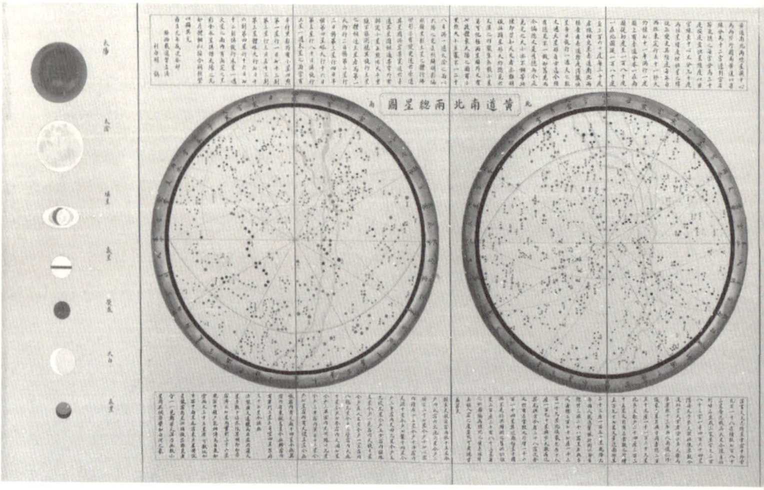

À primeira vista o uso dos nomes dos budas pode parece honrar o budismo, mas está claro que Seokga é o vilão da história, responsável pelos males do mundo. Dado que os budistas, historicamente, denegriram e oprimiram as práticas xamânicas, é compreensível que xamãs tenham atribuído sofrimento à figura fundadora do budismo. Faz sentido também em outro nível: Seokga é aquela que formulou as Quatro Verdades Nobres, os preceitos fundamentais nos quais a filosofia e a religião budistas estão baseados. A primeira delas é a verdade do *dukka*, tipicamente traduzida para significar que o sofrimento é a condição natural da vida. Assim, os xamãs escolhem Seokga como o originador real do sofrimento, enquanto escolhem Mireuk – que é descrito no budismo como sendo o futuro buda – como o protagonista, porque só aparecerá após o originador do sofrimento ter partido. (Muitos budistas coreanos que esperam pela vinda de Mireuk – assim como os cristãos evangélicos esperam pela segunda vinda de Cristo e os judeus pelo Messias – podem não ter se dado conta (conforme seus ensinamentos budistas) de que Maitreya não aparecerá enquanto houver budistas esperando por ele!) O uso

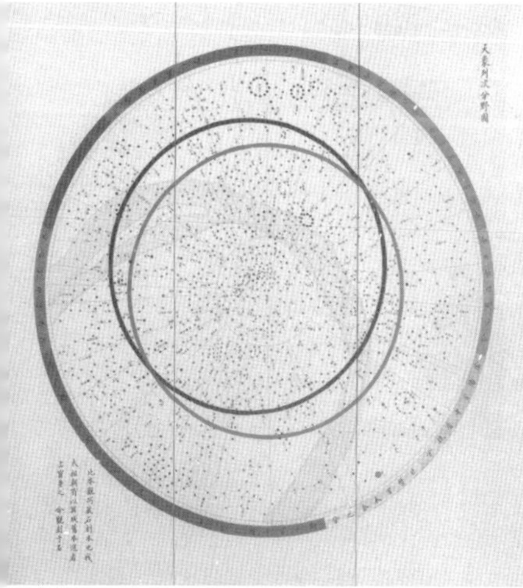

Versões restauradas do mapa astronômico novo (século XVII, à esquerda) e antigo (século XIV, à direita), apresentando estrelas, planetas e luas. Originalmente, esses mapas eram parte de uma tela composta de oito painéis dobráveis criada no século XVIII.

desses nomes budistas em sua história da criação demonstra a adaptabilidade e a inteligência conveniente da tradição xamânica coreana.

Cheonjiwang Bonpuri (천지왕본풀이/天地王本풀이)

Cheonjiwang Bonpuri ("A história da origem do rei do céu e da Terra") é uma canção de xamãs de Jeju, a ilha que marca o extremo-sul da Coreia. Há muitas variantes dessa narrativa, porque ainda é parte da tradição viva e os xamãs a adaptam – acrescentando ou subtraindo detalhes, tornando-a mais longa ou curta – para os propósitos de rituais particulares. Como o Changsega da Província Hamgyeong, a variante mais longa da história começa com a criação do mundo. No começo, tudo era um vazio uniforme e vasto, e o céu e a terra eram um. Então, um buraco se formou no vazio, e os elementos luminosos subiram através dele e os elementos celestes caíram nele, formando o céu e a terra. Uma gota de orvalho brilhante desceu do céu e uma gota de orvalho escura subiu da terra e se enroscaram, formando tudo menos o sol, a lua e as estrelas. Então os Três Reis Galos do céu, da Terra e do mundo humano cantaram. Foi quando o

Uma caixa laqueada do século XVII com tema de peônia, decorada com madrepérolas. Objetos laqueados é uma forma tradicional de arte coreana.

tempo começou e Cheonjiwang (천지왕/天地王), o rei do céu e da Terra, apareceu. Cheonjiwang viu que o mundo era escuro porque não havia sol, e, assim, criou dois sóis e duas luas.

Nesse ponto, a história inicia uma longa digressão, com detalhes tirados da literatura popular chinesa, na qual Cheonjiwang está em guerra com a figura chamada Sumyeong Jangja (壽命長子/수명장자). Esse é o governante tirânico do mundo humano, cujo nome significa "senhor que viveu muito" – considera-se que tenha vivido por 3.800 anos. O arrogante Sumyeong Jangja, cheio de húbris, tentou depor Cheonjiwang, mas foi derrotado por 40.000 soldados divinos liderados pelos generais dos elementos trovão, raio, fogo, chuva e vento. Cheonjiwang poupou a vida de Sumyeong Jangja, e antes de retornar ao seu domínio celestial em sua biga permaneceu na terra por quatro dias e quatro noites, durante os quais engravidou uma bela e sábia mulher, a Senhora Chongmyeong (聰明/총명, "brilhância inteligente").

Dois filhos nasceram da Senhora Chongmyeong: Daebyeol (대별/大별, "estrela grande") e Sobyeol (소별/小별, "estrela pequena"). Quando estavam com uma idade bastante avançada, ela lhes contou

Peônias e borboletas pintadas em seda. Peônias foram consideradas por muito tempo as flores do "rei" na Coreia e eram um símbolo de realeza da era Joseon.

que seu pai era o rei do céu e da Terra, e que podiam visitá-lo lançando as sementes mágicas que ele lhes deixou. Os irmãos plantaram as sementes e subiram nos pés de abóbora que brotaram e chegaram ao domínio celeste. Lá, encontraram Cheonjiwang, que entregou o governo do mundo humano a Daebyeol e o do mundo subterrâneo a Sobyeol.

Mas Sobyeol ficou com inveja de Daebyeol. Não queria governar o mundo subterrâneo, então, suplicou a seu pai, que concebeu a disputa das flores crescentes. As flores de Sebyeol não cresceram, mas ele venceu a competição por meio de trapaça, roubando as flores de Daebyeol enquanto esse dormia. Com seu irmão de mais idade agora relegado ao mundo subterrâneo, Sobyeol ficou violento, criando caos no mundo terrestre. Derrotou Sumyeng Jangja, que havia continuado a governar após ter sido poupado por Cheonjiwang. Sobyeol foi menos misericordioso que seu pai: incendiou o palácio de Sumeyeong Jangja e o esquartejou, espalhando suas partes, que se tornaram animais daninhos, pelo mundo. Ele também matou os filhos de Sumyeong Jangja; seu filho se tornou uma ave de rapina e sua filha se tornou um caruncho do feijoeiro.

Em função dos maus feitos de Sobyeol, todas as coisas vivas no mundo começaram a falar, clamando em protesto pelo que ele havia feito. Os humanos dificilmente podiam compreender uns aos outros porque não podiam distinguir suas vozes das vozes dos fantasmas. O mundo se tornou um lugar violento e imoral, encandecido pelos dois sóis durante o dia e congelado pelas duas luas à noite. Para trazer a ordem de volta ao mundo, Sobyeol finalmente apelou à ajuda de seu irmão de mais idade.

Daebyeol veio do mundo subterrâneo e disparou uma flecha em um dos sóis e em uma das luas, transformando-os nas estrelas dos céus do Leste e Oeste. Ele espalhou a poeira da casca do pinheiro em plantas e nas línguas dos animais, tornando-os incapazes de falar a linguagem humana. Ele separou os humanos dos fantasmas pelo peso, tornando-os distinguíveis entre si. Mas Sobyeol não havia mencionado a imoralidade dos humanos, e, assim, Daebyeol não corrigiu a ordem social. É por isso que a sociedade ainda é corrupta e cheia de discórdia: mentiras, roubos, traições e adultérios.

É provável que os nomes dos personagens principais na *Cheonjiwang Bonpuri* sejam mais antigos que os do Changsega, porque seguem a antiga prática de nomear personagens por seus papéis –

Cheonjiwang significa literalmente "rei do céu e da Terra". A presença da figura budista, o próprio rei do céu e da Terra, como oposta a um nome emprestado de uma figura budista também parece fazer dela uma variante mais antiga, e explicaria por que Mireuk orou no Changsega.

A *Cheonjiwang Bonpuri* também introduz o tema de um deus-pai e da rivalidade entre irmãos, mantendo a narrativa focada em uma família divina em vez de introduzir duas figuras de uma religião estrangeira, sugerindo que é mais conforme às origens xamânicas da Coreia. Devido à influência predominante do confucionismo e sua preocupação com linhagem e hierarquia, a rivalidade entre irmãos se tornou um tema importante nas histórias populares coreanas.

Vó Mago (마고할미) e Vó Seolmundae (설문대할망)

As duas histórias contadas acima, embora usualmente cantadas por xamãs mulheres, centravam-se em torno de protagonistas masculinos. Tanto na tradição da Ilha Jeju como na da península há narrativas da criação que são amplamente conhecidas na tradição oral mesmo que não sejam usualmente incluídas em apresentações rituais ou textos históricos. É muito provável que sejam omitidas daqueles cânones por privilegiarem uma deusa que detém o poder para criar o mundo com seu corpo. Na tradição do norte, a gigante Vó Mago (Magohalmi) carregou barro em suas saias, e os lugares onde o largou se tornaram montanhas e ilhas. Quando se aliviou, sua urina se tornou rios e suas fezes, colinas. Quando subiu em montanhas, o borrifo de sua urina era tão poderoso que rachou as rochas abaixo. Ela era tão grande que podia atravessar o mar pisando de ilha em ilha.

Vó Seolmundae (Seolmundaehalmang, também conhecida em registros antigos como Seolmago) da tradição Jeju é também uma deusa gigante. Ela flatulou enquanto dormia e provocou uma cadeia de explosões que criaram o universo. Ela extinguiu as nuvens de fogo que irromperam do mar retirando barro do fundo do mar e o empilhando para criar a Ilha Jeju a partir da montanha vulcânica. Sua urina fez com que uma parte da ilha se dividisse em uma ilha

Uma árvore sagrada com talismãs xamânicos pendurados em seus galhos, com pedras empilhadas diante dela.

menor, Soseom. Seu corpo era a terra fértil, e seu cabelo era a grama e as árvores. Sua urina fertilizou o fundo do oceano, dando origem às riquezas do mar que as mulheres mergulhadoras Jeju coletavam. O surfe oceânico foi criado pelo arrastar de seus pés, e, quando caminhou através do mar, deu origem a ferozes tempestades. Mas, a despeito de seu tamanho, foi incapaz de construir uma ponte para unir a ilha à península, e, a despeito de sua altura, o lago sem fundo na cratera do Monte Halla (o vulcão-escudo na ilha) era fundo demais para ela, e foi onde se afogou.

Em outra versão da história da Vó Seolmundae, ela dá à luz quinhentos filhos e os envia ao mundo para encontrarem comida. Nesse ínterim ela usa a cratera no Monte Halla como um caldeirão para fazer uma sopa, mas acidentalmente cai nela e se afoga. Quando os filhos retornam e comem a sopa deliciosa, um deles encontra seus ossos no fundo de seu pote.

Dois *dols hareubang* (돌 하르방, "avô de pedra") esculpidos em basalto da Ilha Jeju. Essas estátuas tinham provavelmente um significado xamânico.

MITOS DE FUNDAÇÃO

Embora haja relativamente poucos mitos coreanos sobre a criação do mundo e aqueles que vivem nele, há muitas descrições dedicadas à fundação de reinos e seus clãs governantes. Diferente dos mitos de criação, que, como vimos, eram, basicamente, transmitidos por contação oral de histórias e canções de xamãs, os principais mitos fundacionais coreanos foram documentados em textos históricos. Essas descrições apresentam temas centrais recorrentes mesmo quando podem ser sobre reinos concorrentes. Como a Coreia tem quatro tradições religiosas importantes, esses mitos de fundação são também ocasionalmente coloridos por ideias religiosas importadas de outras partes do mundo. A influência e a prática do taoismo e do budismo na Coreia será discutida em

Duas origens divertidas

Histórias de origem não se limitam apenas às da Antiguidade, tampouco são sempre de natureza religiosa – ou mesmo sérias. Ocorrem, constantemente, na tradição oral, e algumas são mais duradouras que outras. Abaixo seguem duas da década de 1960, da cidade de Bupyeong, perto de uma base militar americana importante, que mostra a influência da crescente presença ocidental na Coreia após os anos da Guerra da Coreia (1950-1953).

A origem da compleição coreana

Quando Hananim pela primeira vez criou pessoas a partir do barro, assou-os demais e ficaram muito escuros. Tentou novamente, e dessa vez não assaram o bastante, e ficaram muito brancos. Finalmente, na terceira tentativa, assou o barro corretamente. Essa é a cor do povo coreano.

Por que os coreanos têm narizes mais achatados que os caucasianos

Há muito tempo, um coreano e um caucasiano discutiram e começaram a brigar, usando qualquer arma que conseguissem acessar. Por acaso, o caucasiano tinha um macete, e com ele golpeou o nariz do coreano, achatando-o. O coreano tinha uma tenaz, e com ela apertou o nariz do caucasiano e o puxou com toda sua força. É por isso que os coreanos têm narizes achatados e caucasianos têm narizes longos, e são chamados *ppaenko* – "nariz puxado para fora".

maior extensão no capítulo 2; aqui, focaremos os mitos de fundação coreanos "nativos".

Os dois textos mais importantes que fornecem *insights* sobre a história inicial da Coreia são a *Samguk Sagi* ("História dos três reinos") e a *Samguk Yusa* ("Recordações dos três reinos"). São textos muito diferentes, cada um com suas características e propósitos distintos, e os dois se complementam, fornecendo uma compreensão da história inicial da Coreia. A *Samguk Yusa* oferece uma mistura de descrições históricas, lendas e crenças religiosas, lançando luz sobre as práticas culturais e religiosas do período. Só foi compilada no século XII pelo monge budista Iryeon (1206-1289), e, consequentemente, exibe tropos budistas proeminentes. O primeiro volume da *Samguk Yusa* contém até mesmo uma explicação alternativa para a origem do *Zhou Yi* (ou *I Ching*, "Livro das mudanças", usualmente classificado como um texto taoista chinês), no qual é criado pelo herói/deidade metade serpente, Fuxi. Por outro lado, a *Samguk Sagi* apresenta uma descrição mais fatual e política, enfatizando eventos políticos, alianças e assuntos militares. Pelos padrões acadêmicos de hoje, esses dois textos não seriam classificados como histórias porque carecem de objetividade e por suas agendas políticas subjacentes, e, contudo, é por isso também que são interessantes. Considerar os dois em suas trajetórias históricas também fornece alguns *insights* interessantes sobre suas agendas respectivas.

A *Samguk Sagi* (삼국사기/三國史記)

A *Samguk Sagi* ("História dos três reinos") é um registro histórico oficial do período dos Três Reinos e do período Unificado Silla subsequente, e o registro sobrevivente mais antigo da história coreana. Foi encomendado pelo Rei Injong de Goryeo (r. 1122-1146) e compilado por um grupo de estudiosos liderados por Kim Busik, um historiador e oficial do governo, em meados do século XII. O objetivo básico da *Samguk Sagi* era fornecer uma descrição histórica abrangente e confiável do período.

A *Samguk Sagi* se baseia em registros históricos anteriores, documentos oficiais e descrições diretas para fornecer o que foi, na sua época, uma tentativa e uma visão objetiva de história. Seu foco é basicamente eventos políticos e militares, incluindo a ascensão e queda de reinos, guerras e atividades diplomáticas. Também fornece informações detalhadas sobre famílias governantes, suas alianças e os conflitos de poder entre elas.

Diferente da posterior *Samguk Yusa*, a *Samguk Sagi* deixa de fora elementos míticos ou religiosos e se concentra nos aspectos políticos e socioeconômicos da época. Contudo, devemos ter em mente que, pelos padrões atuais, sua objetividade é questionável devido às práticas escritas daqueles tempos. A *Samguk Sagi* se baseou em histórias chinesas anteriores, que são famosas por seu uso seletivo de detalhes, distorções e, por vezes, falsidades completas. (Confúcio, por exemplo, era conhecido por reescrever registros históricos antigos para favorecer seus patronos e colocar aqueles de quem não gostava sob uma luz desfavorável, ou elidi-los completamente.) Kim Busik, embora budista, compilou a *Samguk Sagi* de um modo que enfatizava e idealizava as virtudes confucianas.

A *Samguk Yusa* (삼국유사/三國遺事)

A *Samguk Yusa* é uma coleção de lendas, mitos e descrições históricas compiladas pelo monge budista Iryeon durante o governo do Rei Chungnyeol (충렬/忠烈, literalmente, "extremamente honesto/dedicado") de Goryeo (1274-1308). Os conteúdos da *Samguk Yusa* podem ser muito diferentes de sua predecessora, em parte, por ter sido escrita durante a invasão mongol. O Rei Chungnyeol foi forçado a se casar com a filha de Kublai Khan, e foi, portanto, seu genro. Embora governantes coreanos anteriores tenham recebido seus títulos únicos para os propósitos de veneração (e.g. Chumo, o Sagrado), Chungnyeol foi o primeiro a portar o título rebaixado de *wang* (王) "rei", mas que os chineses consideravam mais próximo à nossa definição de "príncipe". Isso foi para deixar claro que a Coreia era um Estado subordinado, vassalo, do Império Mongol. (Mais tarde, no século XIX, quando um rei coreano foi levado a se declarar imperador, que o insulto à China terminou tornando a Coreia vulnerável à anexação pelo Japão).

A *Samguk Yusa*, como a *Samguk Sagi*, cobre desde os Três Reinos (Goguryeo, Baekje e Silla) até o período Silla Unificado, mas dado o clima político podemos ver por que Iryeon, um monge, preocupou-se com a preservação da cultura e religião coreanas. Assim, o propósito básico da *Samguk Yusa* foi provavelmente criar um registro das tradições da época, e ajudar a unificar o povo coreano, que estava sofrendo sob o domínio mongol.

O "Registro das grandes maravilhas", que inclui a primeira das nove partes na *Samguk Yusa*, é especialmente fascinante. Apresenta várias histórias míticas e lendárias relacionadas à fundação dos reinos, às origens divinas dos reis e outras histórias "maravilhosas" com elementos sobrenaturais. Por ser um monge, Iryeon infundiu elementos budistas nas descrições históricas, enfatizando o papel do budismo na formação da história e sociedade coreanas. Interessantemente, Iryeon cita fontes chinesas agora perdidas, como a *Wei-shu* ("História da Dinastia Wei") e o *Dangun Gogi* ("Registro antigo de Tangun"), nas narrativas mais importantes, mostrando que a história da Coreia que conta já era conhecida além da península.

Como a *Samguk Yusa* fornece *insights* valiosos sobre as práticas religiosas, rituais e costumes culturais da Coreia antiga, incluindo folclore, lendas e biografias de indivíduos notáveis, é um texto mais popular – mesmo entre estudiosos – do que a *Samguk Sagi*, que é de leitura muito mais árida. Ao longo dos anos, incontáveis adaptações em filmes, dramas televisivos e numerosas histórias em quadrinhos se basearam em histórias da *Samguk Yusa* e servem como evidência de sua influência contínua na imaginação popular coreana. Uma das mais proeminentes dessas foi o drama histórico de 2010 *O rei da lenda* (*Geunchogowang*, 근초고왕/近肖古王, literalmente, "alto Rei Geuncho"), baseado não somente nas informações históricas da *Samguk Yusa* e da *Samguk Sagi*, mas também no romance *Han do continente* (*Daeryugui Han*, 대륙의 한) de Mun-yol, um dos escritores mais importantes da Coreia, que também se baseou naqueles textos.

OS GRANDES REIS MÍTICOS

As três histórias de governantes da Coreia a seguir são da *Samguk Yusa*, que é uma das principais fontes da história coreana antiga.

A lontra e o caçador

A ressonância duradoura das histórias estranhas do *Samguk Yusa* pode ser vista neste poema-prosa zen de Musan Cho Oh-hyun (무산 조오현 / 霧山 曺五鉉 1932-2018), de sua coleção *Histórias do templo*. Durante seus últimos anos, Mestre Cho serviu como abade de Baekdamsa, um dos maiores e mais antigos templos budistas da Coreia. Oriundo de raízes humildes, era conhecido por enfatizar o tema da compaixão em seu trabalho literário. Ele conta a história, que é parte de uma narrativa mais longa sobre o grande monge Hyetong, em uma única e longa sentença:

Um jovem caçador capturou uma lontra que saiu para a beira da água em busca de alimento e tirou sua pele, levando-a para casa, e no dia seguinte observou que os ossos da lontra – que havia jogado fora – haviam deixado escapar uma trilha de sangue, e, assim, cuidadosamente, seguiu-a até uma caverna escura, e, dentro dela, viu que a pilha de ossos finos era a lontra-mãe cuja pele e gordura ele havia tirado no dia anterior, e ela ainda estava viva e abraçava seus cinco filhotes – que ainda não tinham aberto os olhos – e não podiam ver a condição de sua mãe, e estavam choramingando por leite, e o caçador era tão cruel quanto um homem podia ser, mas ao ver a mãe e seus filhotes não pode se conter, e tomou o lugar da mãe-lontra até que os filhotes crescessem; passou três anos assim – o que pareceram para ele três eras – inteiramente separado dos caminhos do mundo e dos caprichos da mente, e o único lugar ao qual alguém como ele poderia ir era um templo budista, e esse o rejeitou devido ao odor de caça que exalava de seu corpo, e, assim, ficou no pátio com um braseiro de carvão queimando em sua cabeça até que a coroa de sua cabeça explodisse com um som semelhante a uma trovoada, e somente então o monge-chefe, cujo nome era Muwoe, curou seus ferimentos com um mantra especial, dando-lhe uma razão para viver e – dizem – atribuindo-lhe o nome Hyetong. E tudo isso aconteceu durante o governo do Rei Munmu de Silla.

Dangun, o primeiro rei da Coreia

Com apenas variações muito pequenas entre diferentes versões da história, o que segue aqui é a história de como o primeiro rei da Coreia, conhecido como Dangun ("Rei Sândalo") ou Dangun Wangeom (단군왕검/檀君王儉), nasceu.

O senhor do céu, Hwanin (환인/桓因), tinha um filho chamado Hwanung (환웅/桓雄, "herói celestial"), que queria governar a humanidade. Hwanin concedeu o desejo de seu filho, dando-lhe três tesouros celestiais (ou selos), e os enviou à Terra. Acompanhado por três mil espíritos, o Príncipe Hwanung desceu ao cume das Montanhas Taebaek, sob o sândalo sagrado. Com o conde dos ventos e os chanceleres da chuva e das nuvens, Hwanung supervisionava todos os aspectos da vida, como a agricultura, a justiça e a medicina.

Naquela época, próximo à árvore sagrada, um urso e um tigre viviam juntos em uma caverna. Eles desejavam profundamente se tornar humanos, e todo dia, na base da árvore, pediam que Hwanung

Uma pintura de Dangun, retratando-o sobre o Monte Paektu e seu lago de cratera. Em tempos antigos, Paektu era considerado a "cabeça" da "espinha" da cadeia de Montanhas Taebaek.

os transformasse. Hwanung se comoveu com seu desejo honesto. Deu-lhes vinte cabeças de alho e um maço de artemísia e lhes disse: "Se vocês comerem esses e permanecerem dentro de sua caverna por cem dias, tornar-se-ão humanos".

Assim, o urso e o tigre pegaram o alho e a artemísia e entraram em sua caverna, onde jejuaram por vinte e um dias. O tigre não conseguiu continuar jejuando e abandonou a caverna, mas o urso suportou a fome e se tornou uma bela mulher chamada Ungnyeo (웅녀/熊女, "mulher-urso"). Como não houvesse alguém com quem pudesse se casar, Ungnyeo ia novamente até à base do sândalo sagrado todo dia e pedia para ter um filho. O próprio Hwanung mudou sua forma e se casou com ela. Ela engravidou e teve um filho, Dangun, que reinaria como o primeiro rei humano da península.

Dangun criou uma nova capital no que é agora conhecido como a Província de Pyongyang (que está localizada na Manchúria), e deu ao reino o nome Joseon (conhecido agora como Gojoseon). Mais tarde mudou essa capital - Asadal - para uma montanha, possivelmente o que é agora o Monte Guwol. Dangun governou a nação durante 1.500 anos, e dizem que, quando abdicou do trono para o próximo rei, tornou-se um deus-montanha.

Pak Hyeokgeose e a fundação de Silla

A *Samguk Yusa* prossegue descrevendo a fundação de Silla, reportando-se aos tempos míticos antigos e a fenômenos sobrenaturais, como ovos luminosos, que estão associados a origens divinas e solares. Nos tempos antigos, seis clãs habitavam a área de Seorabeol (서라벌, que é Gyeongju hoje), e faziam tudo que desejavam. Eles eram os clãs Yi, Jeong, Son, Choi, Bae e Seol, e cada um deles alegava descender da divindade. Um dia, os ancestrais de cada clã levaram seus descendentes a uma colina acima do Rio Ai e tiveram uma discussão. Eles decidiram que necessitavam de um rei virtuoso para governar o povo e fundar uma nação, um rei que os pudesse proteger de ataques externos.

O Cavalo Celestial como pintado em uma aba de sela de casca de bétula no século V do período Silla – um tesouro nacional coreano. Esse artefato foi encontrado na Tumba Cheonmachong, Gyeongju.

Da colina, eles oraram e pediram um governante gracioso. Repentinamente, houve um *flash* de luz, e um arco-íris tocou o solo ao sul, no poço Na-jong na base do Monte Yang [que hoje é Namsan, ou "montanha do sul", em Seul]. Lá surgiu um cavalo branco, que parecia estar fazendo reverência a algo. Quando as pessoas chegaram ao lugar, o cavalo soltou um grito e partiu em direção ao céu. Onde o cavalo esteve, as pessoas encontraram um ovo vermelho (alguns dizem azul) repousando sobre uma rocha gigante próxima ao poço.

Quando abriram o ovo, um belo menino, cuja face brilhava como o sol, dele emergiu. As pessoas o banharam no riacho leste. Ele então pareceu ainda mais brilhante, e as pessoas dançaram alegremente. Mesmo os animais cantaram e dançaram ao seu redor. Céu e Terra tremeram, e o sol e a lua brilharam intensamente. As pessoas chamaram o menino Hyeokgeose (혁거세/赫居世, "governante com uma luz brilhante") e o recepcionaram, esperando que se casasse com uma rainha virtuosa.

No mesmo dia, um dragão desceu a outro poço – Aryeongjeong em Saryang-ni – e do lado esquerdo de sua costela, uma bebê menina irrompeu como um botão de flor. (Algumas pessoas dizem que o dragão morreu, e o bebê foi encontrado dentro de seu corpo.) A menina era muito bonita e graciosa, mas sua boca era como um bico de galinha. Contudo, quando foi banhada no riacho norte do castelo da lua, o bico caiu, revelando lábios humanos.

As pessoas erigiram um palácio ao pé do Monte Yang e criaram os dois bebês, que cresceram para se tornarem um príncipe e uma princesa nobres. Como o ovo de Hyeokgeose parecia uma cabaça, foi nomeado Pak (박) "cabaça" (sua pronúncia é muito próxima a *balg*, "밝", "brilho"). A princesa foi nomeada Aryeong (알영/閼英), em homenagem ao poço onde nasceu. Aos 13 anos os dois foram coroados rei e rainha consorte. A nação foi chamada Seorabeol (서라벌/徐羅伐, significando "cidade capital" e pronunciada "syerapel" no coreano antigo), e em tempos posteriores foi chamada Silla (신라/新羅), significando um "novo assentamento".

Hyeokgeose, então, fundou Silla, e prosseguiu governando por sessenta e dois anos. Ele então ascendeu ao céu, e, após sete dias, suas cinzas caíram sobre a terra e se espalharam. A rainha ascendeu para se juntar a ele, e suas cinzas também caíram sobre a terra. As pessoas do reino choraram sobre as cinzas e quiseram enterrá-los na mesma tumba, mas uma grande cobra apareceu e os impediu. Assim, em vez disso, os restos mortais do rei e da rainha foram divididos em cinco partes, e funerais separados foram feitos. Os Cinco Mausoléus, ou Sanung (사능/巳陵, "tumba da cobra"), foram construídos para abrigar seus restos mortais. Seu filho, o Príncipe Herdeiro Namhae, sucedeu Hyeokgeose como rei.

Chumo e Goguryeo

O reino de Goguryeo veio de Buyeo. Um dia, o ministro disse ao rei de Buyeo, Hae Buru (해부루/解夫婁), que havia recebido uma mensagem divina em um sonho, dizendo-lhe que o reino deveria

Cheomseongdae (첨성대/ 瞻星臺, "torre para observar estrelas"), situada em Gyeongju, foi construída em Silla no século VII. É o observatório mais antigo da Ásia, e um dos mais antigos do mundo.

ser realocado a uma terra mais fértil. O rei fez isso e renomeou o reino Buyeo do leste. Contudo, de volta ao seu antigo território, um homem chamado Hae Mosu (해모수/解慕漱) assumiu o trono, alegando descender de ancestral divino.

Um dia, o sucessor do Rei Hae Buru, o Rei Geumwa (금와/金蛙 or 金蝸, literalmente "sapo de ouro" ou "lesma de ouro"), estava viajando para o sul das Montanhas Taebaek. Lá, ele encontrou uma mulher chamada Yuhwa (유화/柳花, "flor de salgueiro"), a filha de Habaek (하백/河伯, "senhor do rio", considerado ser um rei-dragão em algumas versões). Yuhwa disse ter encontrado Hae Mosu, o homem que alegava ser o filho de um deus, e que dormira com ela próximo ao Rio Yalu, à beira da Montanha Ungsim ("espírito de urso"). Como já tivera um caso sem sua acompanhante, a família de Yuhwa teve de exilá-la. O rei de Buyeo achou essa história estranha, e a confinou em um quarto.

Os raios de sol penetravam no quarto. Ela tentou evitá-los, mas a seguiam onde quer que fosse, e quando a tocaram ela engravidou. (Em versões mais antigas dessa história, uma bola de luz do tamanho de um ovo de galinha a engravidou.) Em breve, ela deu à luz um ovo grande. O rei o jogou em uma pocilga, na esperança de que os porcos o comessem, mas não o danificaram. Ele, então, jogou-o aos cães, cavalos e vacas, e todos os animais o evitaram. O rei tentou inclusive jogá-lo em um campo, mas não se quebrou. Terminou devolvendo-o à sua mãe, que o envolveu e o manteve aquecido. Um menino emergiu dele.

Ele era um excelente arqueiro, e recebeu o nome de Chumo (추모/鄒牟). O rei e seu povo desconfiavam de Chumo, e queriam se livrar dele por não ser humano, e, portanto, não natural. Ele suspeitou disso; então, quando ficou encarregado de alimentar os cavalos, deu menos comida aos melhores cavalos, para que emagrecessem, e, mais comida para os piores, para que engordassem. Sem se aperceber disso, o rei escolheu um dos cavalos gordos para si e deu um magro a Chumo. Um dia, enquanto caçavam, Chumo foi capaz de capturar muito mais animais do que o rei devido a esse estratagema.

Quando o rei estava pronto para mandar matar Chumo, Yuhwa disse a Chumo para fugir. Ele a ouviu e fugiu a cavalo com alguns amigos, perseguidos pelo povo de Buyeo. Chumo e seus amigos chegaram a um grande rio sem poder cruzá-lo. Bem no momento que estavam prestes a capturá-los, Chumo declarou: "Sou o filho divino e neto materno de Habaek. Ajudem-me!" Nisso, surgiram peixes e tartarugas do rio e formaram uma ponte, e eles puderam cruzá-lo. Os peixes e tartarugas voltaram para a água antes que os perseguidores pudessem segui-los.

Mais tarde, Chumo chegou a três pessoas, uma vestindo um manto de inhame, outra vestindo robes de monge, e uma terceira vestindo ervas daninhas secas. Eles se juntaram a ele, e, até que pudessem erigir um palácio, construíram juntos uma habitação temporária ao

Um azulejo de teto de barro Goguryeo com a face de uma fera estilizada (possivelmente, um *dokkaebi*), século V ou VI EC. Azulejos decorativos de teto têm uma longa história na Coreia.

lado do Rio Biryu. Chumo mudou seu nome de família para "Go" (고/高), "alto", e, por isso, nomeou a terra Goguryeo (고구려/高句麗), "alto e belo".

As origens dos clãs e outros mitos fundacionais

Há muitos outros mitos fundacionais coreanos, e tendem a compartilhar os mesmos temas e imagens básicos que permeiam os mitos de Dangun, Hyeokgeose e Chumo. Por exemplo, na história relacionada à origem do clã Kim, nuvens de cor púrpura descem dos céus envolvendo uma caixa dourada, e quando essa é descoberta um galo branco está cantando ao seu lado. A caixa se abre, e dentro dela há um menino que mais tarde recebe o nome de Kim (金), "ouro". Aqui, embora possamos esperar uma galinha, a presença de um galo associa a caixa, que figurativamente eclode, aos vários ovos que aparecem nos outros mitos fundacionais.

Como com os mitos de criação discutidos acima, as histórias contadas sobre a Ilha Jeju diferem daquelas do continente. O mito de fundação relacionado ao assentamento da Ilha Jeju apresenta três homens sábios emergindo magicamente do chão de uma caverna do lado do Monte Halla. Eles se casam com três mulheres de ascendência divina que foram mantidas em duas caixas, uma feita de madeira e embrulhada com um pano púrpura, e a outra feita de pedra. As mulheres eram filhas de reis do Japão, enviadas pelo mar para se casarem com os três líderes de Jeju e civilizarem a ilha.

As sereias da Coreia: as mergulhadoras da Ilha Jeju

Haenyeo (해녀/海女, literalmente "mulheres do mar"), são mergulhadoras que têm praticado seu ofício na Ilha Jeju por mais de 1.500 anos. Historicamente, os homens de Jeju se envolviam em atividades como agricultura e pesca, enquanto as mulheres assumiam a responsabilidade de mergulhar para buscar no mar recursos que incluíam abalone, pepino do mar, algas, polvo, ouriço do mar, conchas e moluscos. Diz-se que Jeju é o lugar dos "três lagos" e "três farturas": não há ladrões, pedintes ou portões, e há uma abundância de rochas, ventos e mulheres. Historicamente, o número proporcionalmente maior de mulheres na ilha decorre de muitos pescadores terem perdido a vida no mar em águas difíceis. As *haenyeo* praticam o mergulho livre tradicional – que é mergulhar sem o uso de qualquer equipamento de respiração – até o fim do século XX, sem roupas de mergulho. Uma lenda conta que a deusa do mar foi tocada pelos reveses enfrentados pelos aldeões da Jeju e dotou um grupo de mulheres com a habilidade de respirar debaixo d'água. Em outra variante da lenda, a primeira *Haenyeo* foi uma mulher cujo esposo se perdeu no mar. A deusa do mar, comovida por sua dedicação, permitiu-lhe respirar debaixo d'água para ajudar a encontrar seu esposo. Diz-se que as Haenyeo, devido às suas habilidades excepcionais de mergulho, são as únicas humanas que podem visitar o palácio submarino do Rei Dragão sozinhas e que amadurecem ao contrário. Algumas Haenyeo são xamãs praticantes, embora muitos xamãs em Jeju sejam homens (em contraste com o continente, onde muitas são mulheres).

Haenyeo nadando no mar. Esta foto foi tirada pelo folclorista Seoknam Song Seok-ha, que passou muitos anos catalogando as crenças nativas da Coreia.

A comunidade Haenyeo é única: em uma cultura predominantemente confuciana tem mantido uma sociedade matriarcal coesa na qual as mulheres detêm o poder econômico e social, e as mães ensinam suas filhas as habilidades e tradições associadas ao mergulho. Todavia, em décadas recentes, o número de Haenyeo tem declinado devido à natureza árdua do trabalho, amadurecimento da população, e oportunidades econômicas diferentes para as mulheres. Esforços estão sendo feitos para preservar e promover a tradição, e as Haenyeo são reconhecidas pela Unesco como uma Herança Cultural Intangível.

2

A RELIGIÃO NA COREIA

A Coreia tem uma história rica em tradição religiosa nativa, e também adotou várias religiões trazidas à península através de intercâmbios culturais e de missionários. A Coreia é notável pelo sincretismo de sua religião e mito: assim como xamãs usam os nomes de budas em suas canções, os templos budistas têm santuários ao Ancião da Montanha, e cristãos participam de rituais confucionistas, budistas e inclusive xamânicos. Este capítulo cobrirá as três tradições religiosas mais antigas da Coreia – animismo, xamanismo e taoismo – assim como os sistemas de crenças importados – confucionismo, budismo e cristianismo – e considerará as formas pelas quais se combinam entre si na Coreia moderna.

ANIMISMO

Há um debate relacionado a até onde os reinos antigos que poderiam ser chamados "coreanos" ou "protocoreanos" se estendiam no que é agora a Manchúria e a China, e exatamente quão antigos esses primeiros reinos eram (as histórias coreanas mais antigas são certamente exageradas em determinados pontos). O que é claro, contudo, é que as primeiras crenças das pessoas da península e da Ilha Jeju caem sob a rubrica geral de animismo. Assim, a primeira religião "nativa" da Coreia era animista, caracterizada pela ideia de que todas as coisas vivas e não vivas têm espíritos, e que esses são acessíveis a todos. Os mitos cosmológicos da origem da Coreia deixam isso claro com suas referências a humanos sendo criados a partir de animais, animais que falam, fantasmas que caminham sobre a terra, e pela antropomorfização de fenômenos naturais.

Além das narrativas orais e registradas, muitos tipos diferentes de objetos materiais revelam a história do animismo coreano. Por exemplo, milhares de dólmens que retroagem aos tempos neolíticos são encontrados ao longo da península. Sepultados junto aos corpos que jazem sob esses dólmens são encontrados não somente itens que serviam a propósitos práticos claros, como cerâmica, como também itens que sugerem um significado simbólico importante, como os *gogok* (곡옥/曲玉), que têm forma semelhante a cajus. Os *gogok* são provavelmente usados como joias; têm um único furo (que lhes dá uma aparência notável de feto) e são esculpidos em uma pedra preciosa – tipicamente uma pedra dura com uma qualidade translúcida. (Embora muitos minerais diferentes caiam nessa categoria, na Coreia eram genericamente referidos como jade.)

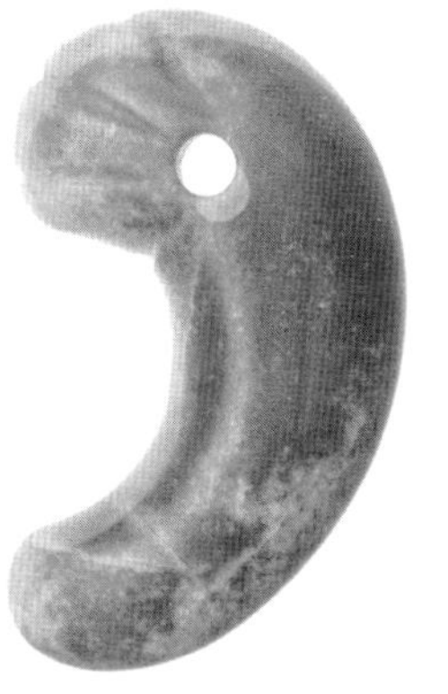

Gogok em jade e prata do século VI EC.

Coroa de ouro do período Silla ornamentada com *gogok*.

Estereograma de aldeões reunidos diante de uma fila de *jangseung*.

Em épocas posteriores, incluindo o período dos Três Reinos (18 AEC-660 EC), os *gogok* seriam usados por reis e xamãs, indicando sua associação ao poder político e espiritual. Desde tempos pré-históricos, esses objetos esculpidos são muito semelhantes aos *pa* (파/巴), as formas espirais internas do *taegeuk*, e, ainda mais próximo, as duas metades do símbolo *yin-yang*. Essas similaridades permitem conjecturar que *gogok* representassem ou fossem concebidos para se conectarem a uma força espiritual, e, embora sua função permaneça um mistério, a trajetória de seu uso ao longo dos tempos lança luz sobre a evolução das tradições religiosas coreanas.

Jangseung (장승/長承) são postes de madeira esculpidos e pintados com faces assustadoras e chapéus tradicionais. Embora os ocidentais, particularmente os missionários, muitas vezes se referissem a *jangseung* como "postes de demônios", esses totens eram erigidos ao redor de aldeias para espantar espíritos maus e são mais propriamente classificados como postes "antidemônios". São usualmente erigidos em pares masculinos e femininos, marcados com caracteres chineses que, tipicamente, expressam "o grande general sob o céu" no poste masculino e "a general sob a Terra" no poste feminino. Os *jangseung* eram criados geralmente por pessoas comuns e não por artesões treinados e tendem a não ser esculpidos em um estilo naturalista porque se destinavam a ser intimidadores.

XAMANISMO

Embora intimamente relacionado com o animismo, o xamanismo – por vezes também referido como muísmo, da palavra mu (巫/무) – se baseia na crença fundamental de que todas as pessoas têm acesso aos espíritos ao seu redor. Antropólogos que estudam religião geralmente consideram o xamanismo uma evolução do animismo porque acompanha o desenvolvimento da organização social mais complexa. O xamanismo envolve pessoas – xamãs – consideradas mais capazes que outras de acessar o mundo espiritual. Xamãs

Uma pintura do século XIX de Shin Yun-bok que retrata um xamã dançando.

são capazes de entrar em um estado de consciência alterado para se comunicarem com espíritos ou canalizá-los a fim de ajudar ou curar outros integrantes da comunidade.

A tradição do xamanismo coreano é antiga e vasta por si, com suas raízes também remontando à proto-Coreia e provavelmente vinculadas à prática xamânica nas culturas antigas das estepes asiáticas. Artefatos claramente pertencentes às classes governantes que invocam imagens xamânicas, como os *gogok*, e adornos de cabeça com chifres, indicam que houve um tempo em que xamãs detinham um grande poder político. Documentos pseudo-históricos coreanos também falam de uma "época dourada" na qual xamãs governavam como reis e rainhas. Contudo, o xamanismo coreano era praticado mais amplamente no nível local; cada aldeia ou vizinhança teria seus próprios xamãs que desempenhavam um papel importante nas comunidades locais, sendo contratados para realizar rituais a fim de garantir bênçãos ou benefícios (por exemplo, em prol do aumento da colheita de um agricultor), exorcizar e aplacar espíritos (fontes divinas de infortúnio), e mesmo simplesmente para entreter. Ainda é amplamente praticado, mesmo em um dos países mais conectados e tecnologicamente avançados do mundo.

Xamãs e seu papel

Tradicionalmente, xamãs coreanos nascem mulheres, embora na Ilha Jeju nasçam usualmente homens. São escolhidos pela *shinbyeong* (신병/神病, "doença espiritual"), usualmente referida como "*possession sickness*" (doença de possessão). Os sinais da shinbyeong variam, mas incluem sintomas físicos e psicológicos, como alucinações, insônia, desnutrição e disforia corporal (a sensação de estar no corpo errado). A shinbyeong pode durar anos, mesmo na vida adulta, e se acredita que o único modo de curá-la é se transformando em xamã. Em outra tradição, o papel de uma xamã é herdado. Xamãs que herdam o papel, conhecidas como *sseseummu*, (세습무/世襲巫), usam uma médium para se comunicar com espíritos em vez de serem possuídas. Aquelas que se especializam em ser possuídas por espíritos são conhecidas como *manshin* (만신/万神, literalmente, "dez mil espíritos").

Xamanismo e gênero

O xamanismo tem sido há muito uma forma de pessoas oprimidas, como mulheres, transgêneros, e *gays* e lésbicas, se expressarem e se apoiarem em suas comunidades. A vida de xamãs permitiu historicamente que mulheres – que podem por outro lado ter sido excluídas por terem enviuvado ou por terem esposos abusivos – ganhassem dinheiro e apoio para si e suas famílias. E, embora rituais xamânicos na Coreia muitas vezes envolvam travestir, o fenômeno é ainda mais profundo. Os sintomas da shinbyeong são muitas vezes característicos da disforia de gênero, e ao incorporarem um espírito de gênero diferente, xamãs muito literalmente *se tornam* aquele gênero.

Rituais xamânicos também permitem brincar e ridicularizar as pessoas tradicionalmente no poder na sociedade coreana. Mesmo que durante a história coreana o xamanismo tenha enfrentado supressão por parte de confucianos, budistas e cristãos, bem como por praticamente toda administração política nos tempos modernos, o fato de que era e continua a ser uma religião descentralizada o torna um instrumento poderoso para os marginalizados na sociedade. Mesmo com seu papel no escândalo de corrupção que resultou na prisão e convicção de Park Geun-hye – a décima-primeira presidente da Coreia e filha do ex-ditador Park Chung-hee – em 2017, a tradição xamânica continua e prospera, e arquétipos como o xamã masculino-feminino são comuns na mídia popular coreana.

A categoria mais conhecida de rituais e ritos xamânicos coreanos é a do *gut* (굿). Para que a shinbyeong seja curada, a pessoa afligida deve ser induzida por uma xamã experiente através de um *gut* que envolve ser possuída por espíritos. Outro *gut* (do qual há muitos tipos que se desenvolvem em diferentes partes da península) envolve benefícios para aldeias, plantações ou expedições de pesca individuais, exorcizando espíritos inquietos e garantindo que os mortos cheguem ao outro lado com segurança, e mesmo simplesmente garantindo a boa sorte de uma pessoa. O papel de uma xamã envolve essencialmente a solução de problemas para membros da comunidade local.

Como discutido no capítulo 1, a *muga* (무가, "canção dos xamãs") é outro ritual comum que aparece em vários contextos. Xamãs – particularmente da Ilha Jeju – não apenas contam as vidas dos mortos para suas famílias durante ritos funerários como também cantam as origens do mundo e da humanidade. As *muga* são também usadas durante o *gut* para os propósitos de exorcismo.

Outro ritual xamânico coreano é a *talchum* (탈춤), ou dança de máscaras. Há muitas versões individuais da dança de máscaras ao redor da Coreia, mas geralmente envolve xamãs usando máscaras destinadas a representar arquétipos sociais ou espíritos, como "o general", "a noiva" ou "o monge sifilítico". Durante a dança de

Um cortejo fúnebre coreano tradicional com os carregadores levando uma liteira funerária até à montanha para o enterro, *c.* 1890-1923.

máscaras cada arquétipo serve a uma função diferente, capaz de garantir uma bênção ou tipo de proteção diferente. A dança de máscaras se originou como um ritual funerário para exorcizar espíritos maus e proteger os mortos deles, mas mais tarde se desenvolveu também como um receptáculo para entretenimento e comentário crítico social. Há um elemento teatral na dança de máscaras e em muitos rituais xamânicos coreanos.

Canalizando espíritos

Há mais deidades xamânicas do que se pode contar – são, provavelmente, milhares. Isso se deve ao fato de cada aldeia ter uma xamã, e cada xamã se comunicar com seu conjunto de espíritos ou deidades, ou canalizá-los. Contudo, há certas categorias de deidades que são comuns na Coreia. De fato, muitos dos espíritos e deidades que os xamãs coreanos canalizam e com que se comunicam são

Máscaras de dança retratando dois arquétipos diferentes: o monge sifilítico e a noiva.
Máscara de "O monge sifilítico", com capuz e cordas.
Máscaras de dança retratando três arquétipos diferentes.

arquétipos baseados em pessoas encontradas na vida cotidiana. Isso é claro não apenas na dança de máscaras, mas também no resto de seus rituais.

O Espírito do Grande General, por exemplo, é uma das principais figuras canalizadas pelos xamãs coreanos, e é referenciado no *jangseung*. O Grande General pode ser um general ou uma conglomeração de generais provenientes da história da Coreia. O Espírito da Avó (산천할머니, literalmente, "avó da paisagem") é uma entidade folclórica que representa a inteligência e sabedoria de uma anciã; diferente do Grande General, ela não é baseada em uma figura história específica, mas pode estar associada a anciãs da comunidade local de uma xamã individual.

Princesa Bari e a origem das xamãs

As xamãs do continente coreano remontam suas origens à figura mítica da Princesa Bari, cuja história ressoa com as tribulações que as xamãs devem experienciar em suas vidas. É um dos exemplos mais importantes de uma lenda que exemplifica a virtude feminina.

Há muito tempo havia um rei chamado Ogu. Ele tinha apenas 14 anos quando uma vidente lhe disse que teria um ótimo herdeiro se se casasse com a Senhora Kildae. Assim, Ogu concordou em se casar com ela, e uma astróloga foi consultada para escolher uma data auspiciosa para o casamento. O rei foi avisado para obedecer à Lei do Céu, mas era jovem e impaciente, e tornou Kildae sua rainha um dia antes.

Infortúnio após infortúnio sobreveio a eles. A rainha teve seis filhas uma atrás da outra. Mesmo que os conselheiros do rei tentassem confortá-lo e dissessem seguramente que a próxima criança seria um filho, o rei ficou pensativo. Enquanto isso, a rainha teve um *taemong* [sonho de nascimento] pressagiando que sua próxima criança seria uma exilada do Reino do Céu, a filha de um imortal chamado Seowangmo, guardiã do elixir da vida.

Quando a sétima criança foi outra menina, o rei ficou furioso e rejeitou Kildae, ordenando que a criança fosse banida para morrer. Diante dos olhos da mãe chorosa, a criança foi colocada em uma arca de pedra que foi levada ao mar e jogada na parte mais funda do oceano.

A arca afundou, mas como poderia o Céu permitir tamanha crueldade a uma inocente? A intervenção divina veio em resgate da criança [em várias versões da história, é o Rei Dragão, o Buda ou mesmo a cegonha] e a arca voltou à tona. As correntes terminaram carregando-a para a beira, onde chegou aos pés de um bondoso monge ancião. Ele notou o selo do rei na arca e, pensando que continha um grande tesouro, levou-a ao templo local para ser aberta. Mas para o horror dos monges, continha uma bebê. Todos haviam ouvido a história sobre a sétima filha do rei, e sabiam que seriam punidos por salvar sua vida. Mas eram homens santos e não deixariam que se machucasse, e, assim, o monge ancião a escondeu no templo e a criou como sua filha. Chamou-a Bari, que era apelido de Barideggie ("pequena abandonada/a descartada").

Quando Bari cresceu, mostrou grande inteligência e sinais do favor divino. Quando tinha idade o bastante para perguntar por seus pais, o monge ancião lhe disse: "Seu pai é o espírito do bambu, e sua mãe é a paulóvnia". Bari prestou seus respeitos aos espíritos dessas plantas como seu fossem seus ancestrais.

Um dia, um xamã chegou ao templo, procurando pela sétima filha do rei. "O rei está gravemente doente", "e morrerá a menos que sua filha desaparecida seja encontrada". "Tememos o ódio do Rei Ogu", disse o monge. "Ele ordenou que sua filha fosse morta. Como nosso templo sobreviverá se ela for descoberta aqui? Como sabemos se isso não é um ardil para encontrá-la e matá-la?"

"Você não necessita temer o rei agora. Suas seis filhas o decepcionaram, e agora ele busca a sétima por desespero e por uma mudança de sentimento."

Assim foi revelado a Bari que era a filha do rei, e ela retornou ao palácio para grande felicidade. Mas o rei ainda estava gravemente doente – o único modo de curá-lo seria se alguma de suas filhas encontrasse um medicamento no distante Ocidente, em uma terra celestial além da Índia. [Em algumas versões, tanto o rei como a rainha adoecem, e ambos necessitam ser curados.] As outras filhas do rei tinham muito medo de realizar a longa e perigosa jornada, mas Bari concordou.

Vestindo roupas masculinas, Bari partiu em sua busca para Seocheon Seoguk (西天 西國, literalmente, "céu ocidental, país ocidental", que significa paraíso ocidental). Ela viajou por milhares de lis, ao longo de amplas planícies, altas montanhas, cruzando grandes rios. Viajou inclusive através do mundo subterrâneo, e quando chegou ao seu destino casou-se com um gigante e lhe deu filhos em troca do medicamento para curar seu pai.

Após sete longos anos, viajou de volta através do mundo subterrâneo, libertando os espíritos dos injustamente mortos como ela. Quando retornou a este mundo, curou o rei, que lhe perdoou por se casar sem sua permissão.

Bari se tornou a deusa que preside os ritos de morte, que parecem ter sido nomeados ogu em homenagem ao seu pai. Homens carregam um bambu e as mulheres uma vara retirada de uma paulóvnia em procissões funerais porque a Princesa Bari tratava o bambu e a paulóvnia como seus pais. E como a princesa foi injustamente jogada ao mar e experienciou muitas tribulações – viajando através do mundo subterrâneo e se comunicando com os mortos – ainda assim se manteve virtuosa, fiel e dedicada a todos o tempo inteiro, as xamãs da Coreia remontam sua linhagem a ela.

TAOISMO

A mais antiga das religiões tradicionais importadas "não nativas" da Coreia é o taoismo. Já no século XIII, o *Samguk Yusa* se refere ao herói e deidade popular chinês taoista Fuxi. Contudo, a história do taoismo na Coreia é muito mais longa do que o que foi preservado nos textos históricos influenciados pelo budismo e confucionismo.

Princípios taoistas foram difundidos para a Coreia já no período dos Três Reinos, durante a Dinastia Tang da China (618-907 EC). No século VII, filósofos taoistas foram enviados da China para Goguryeo, trazendo consigo o *Tao Te Ching* (道德經, também romanizado como o *Daodejing*), o texto fundacional do taoismo.

Embora o taoismo nunca tenha se tornado um poder institucional na Coreia, como o budismo foi, princípios e crenças taoistas foram subsumidos nas principais práticas religiosas, na religião popular e na vida cotidiana. É por isso que a influência taoista pode ser vista em lugares tão diversos como santuários xamânicos, templos budistas e na bandeira coreana. O taoismo coreano também é único e distinto do taoismo originado na China porque elementos da religião popular e da medicina tradicional (chineses e coreanos) se misturaram à filosofia taoista.

Crenças centrais do taoismo

O taoismo (também conhecido como daoismo) é uma antiga tradição filosófica e religiosa originada na China. O conceito central no taoismo é o Tao (Dao), usualmente traduzido como "o caminho", um princípio abstrato e inefável que representa a força ou o recurso fundamental de tudo no universo: "O Tao que pode ser expresso não é o Tao eterno". É muitas vezes descrito como a ordem natural do universo, o modo como as coisas devem ser. O Tao é tanto o processo que caracteriza tudo – a condição de ser ("*is*"*ness*) do universo inteiro – e também a forma ou o caminho para a harmonia e o equilíbrio com o universo.

Na cosmologia taoista, humanos ocupam uma posição única entre Céu e Terra, e podemos harmonizar com o Caminho do Céu e com o Caminho da Terra cultivando o *qi* (氣), *gi* (기) em coreano, a força vital que permeia o cosmo. Ao também vivermos de acordo com o princípio do *wu wei* (無為; 무위 *muwi* em coreano, usualmente traduzido como "não ação"), em vez do típico esforço humano pelo sucesso e controle material, podemos nos alinhar com o fluxo natural do Tao e atingir longevidade e imortalidade embora evitando o fardo do carma.

O taoismo na cultura e rituais coreanos

O texto seminal do taoismo é o *Tao Te Ching* ("O clássico do caminho e sua virtude"), escrito por volta de 400 AEC e atribuído a Lao Tzu (老子, também conhecido como Laozi), uma figura semi-histórica. O *Tao Te Ching*, com seus 81 versos poéticos divididos em suas seções, *Tao* e *Te*, é muito provavelmente uma

Morte pelo ventilador!

Uma das superstições coreanas contemporâneas mais curiosas, que parece persistir a despeito de evidências abundantes em contrário, é a crença de que dormir em um quarto com um ventilador ligado pode ser fatal. Acadêmicos e cientistas têm estado intrigados com esse mistério por décadas, e várias teorias foram oferecidas: foi um estratagema do governo para evitar que as pessoas desperdiçassem eletricidade durante os anos pós-guerra; era uma simples superstição destinada a poupar eletricidade quando era proibitivamente cara; era o resultado de pessoas ignorantes morrendo acidentalmente eletrocutadas. A crença é tão predominante que há um verbete na Wikipedia dedicada a ela.

A verdade por trás dessa superstição está provavelmente relacionada a crenças e práticas anteriores associadas à *qigong* coreana, ou o cultivo taoista de energia. Com certeza, tanto coreanos rurais como urbanos de gerações anteriores sabiam dos riscos da hipotermia, que é seriamente amplificada pelo vento frio. Qualquer pessoa familiar ao clima da Península Coreana sabe disso. Mas na prática do cultivo de energia um dos princípios não é praticar com pés molhados, na água, ou em um vento considerável, porque todos esses destituem o corpo da pessoa do *qi*.

Considera-se que um corpo adormecido é especialmente vulnerável, porque o espírito muitas vezes está vagando (talvez, em sonhos).

compilação dos ditos de muitos sábios antigos e descreve os princípios religiosos e filosóficos centrais do taoismo. O *Chuang Tzu* (莊子, também *Zhuangzi*), nomeado pelo sábio Chang Tzu, é outro texto central do taoismo. É mais acessível e extenso do que o *Tao Te Ching* – que é muitas vezes críptico e enigmático – e apresenta parábolas, anedotas e ensaios filosóficos que ilustram os princípios do taoismo. Esses textos, junto ao *I Ching* ("O livro das mudanças") oracular, terceiro texto central do taoismo, foram levados à Coreia pela primeira vez no século VII pelos chineses.

Tanto nas crenças taoistas chinesas como coreanas há dois conceitos principais. Um é *wuji* (無極), o "vazio último", pronunciado *mugeuk* (무극) em coreano. *Mu* é o vazio primordial do qual tudo emerge e no qual tudo pode ser contido, e, portanto, mugeuk poderia ser descrito como a fonte do universo inteiro.

É do mugeuk que as forças fundamentais do yin (陰) e yang (陽), pronunciadas *eum* (음) e *yang* (양) em coreano, emergem, e sua interação dinâmica é caracterizada pelo *taiji* (太極), o "supremo último", *taegeuk* (태극) em coreano. Como o conhecido símbolo

Quando Lao Tzu encontra Confúcio

Como provavelmente foram contemporâneos, há histórias sobre o encontro entre Lao Tzu e o filósofo chinês Confúcio. A mais conhecida é que Confúcio, que usualmente viajava com seus discípulos, foi encontrar Lao Tzu sozinho e lhe fazer perguntas sobre ritos. Lao Tzu disse: "Você fala de homens que apodreceram até os ossos. Nada deles sobreviveu senão suas palavras". Quando Confúcio voltou a seus discípulos, disse sobre Lao Tzu: "Pássaros voam, peixes nadam, animais correm. Sei essas coisas. Coisas que correm podem ser pegas em armadilhas, coisas que nadam podem ser pegas em redes, coisas que voam podem ser atingidas com flechas. Mas um dragão cavalgando as nuvens nos céus – não tenho ideia de como pegá-lo! Lao Tzu é como um dragão!"

yin-yang indica, com seu pequeno ponto branco e seu pequeno ponto preto, nada é completamente um ou outro – cada qualidade possui, em si, um elemento de seu oposto. *Eum* e *yang* são complementares e opostos. Tudo no universo contém ambos os elementos em proporções diferentes – o *taegeuk* é a fonte das "dez mil coisas" que caracterizam todos os fenômenos do mundo.

O taoismo sustenta que, na forma humana, a vida de uma pessoa é finita. Contudo, ao seguir o Tao com a prática do wu wei, ou "não ação" – que significa harmonização de todas as forças mencionadas acima –, a pessoa pode estender sua vida e ganhar longevidade e mesmo imortalidade. O taoismo encoraja as pessoas a viverem de acordo com sua natureza verdadeira e com o mundo natural, e a abraçarem as qualidades inatas e os ritmos da vida. O taoismo enfatiza a simplicidade, espontaneidade, humildade e compaixão, assim como o desapego de desejos e ambições materiais, e a forma pela qual cada pessoa segue o Tao é única a essa pessoa. Essa filosofia não se presta ao poder institucional, o que provavelmente contribuiu para sua absorção nas outras tradições religiosas da Coreia, em vez de sustentar um poder centralizado significativo.

Deidades taoistas

No capítulo 1 vimos como as canções dos xamãs substituíram os nomes antigos dos protagonistas pelos nomes de budas. Mas Mireuk (o buda maitreya) e Seokga (o buda shakyamuni) não eram as únicas deidades cujos nomes foram usados por xamãs desse modo. A história sobre a Avó Mago criando a paisagem recebe o nome de sua protagonista de uma imortal taoista, Magu (마고/麻姑, literalmente "donzela do cânhamo"). Magu foi descrita pela primeira vez nas fontes chinesas como uma jovem com longas unhas como garras de um pássaro, uma indicação chinesa de seu *status* elevado. Em lendas, ela muitas vezes menciona o mar, talvez inspirando a tradição coreana de usar seu nome para a mãe gigante que forma a terra a partir do oceano. Ela também era a associada a cavernas, e várias montanhas na China são nomeadas em homenagem a ela. Descrições de Magu/Mago, que é geralmente associada à longevidade, também serve como inspiração para descrições da *sanshin* mulher.

Há um debate sobre o sentido do caractere para cânhamo no nome de Magu. Embora lendas de Magu parecem ter servido como uma inspiração para um mito do leste da Ásia sobre uma deidade jovem conhecida como a Tecelã, sugerindo que o "cânhamo" indicava têxteis ou tecelagem, a própria Magu em descrições iniciais não usava roupas tecidas. Por isso, outros estudiosos acreditam que seu nome pode vir de uma associação com as propriedades medicinais do cânhamo, uma vez que os taoistas muitas vezes usavam drogas psicotrópicas. Contudo, é provável que o nome coreano Mago, sem os caracteres chineses para explicá-lo, esteja associado a palavras que significam mãe elevada", dado seu papel na canção xamã.

O Imperador de Jade (옥황상제/玉皇上帝, literalmente "alto imperador de jade", também conhecido como 천제/天帝, "imperador celestial") é uma deidade taoista que ocasionalmente aparece em rituais e mitos coreanos. Embora no início fosse apenas uma das muitas deidades taoistas, com o tempo, foi considerado originalmente o filho da manifestação do próprio wuji. O Imperador de Jade, então, tornou-se o governante dos céus (uma figura que poderia ser nomeada de forma equivalente a Deus com um "D" maiúsculo). A cor azul-esverdeada única do jade tem sido associada ao céu por milhares de anos na Coreia, como na China, e essa talvez seja uma razão para que o Imperador de Jade tenha se tornado uma deidade com essa autoridade.

Esse imperador por vezes é cultuado no xamanismo coreano, e nas pinturas xamãs coreanas que servem como ícones podemos encontrá-lo presidindo um pomar de pessegueiros – com os pêssegos sendo associados à imortalidade – com o sol e a lua juntos no céu (um tema comum na arte inspirada no taoismo). Embora o Imperador de Jade não apareça na cultura e história coreanas como na China, essa figura é conectada e combinada a outras deidades semelhantes a Deus que aparecem nos mitos coreanos de *muga*/origem, como Hwanin, ainda que figuras como Hwanin sejam anteriores às histórias do Imperador de Jade que foram difundidas da China para a Coreia.

Jeon Uchi, herói popular taoista coreano

Na literatura popular coreana, a figura de Jeon Uchi (전우치/田禹治), um feiticeiro e trapaceiro taoista da era Joseon, fornece ótimos exemplos dos poderes mágicos que se considera que os taoistas têm. Jeon é descrito como um mestre da medicina, divinação, geomancia (encontrar locais auspiciosos para túmulos e casas), caligrafia e poesia. Na *Jeon Uchi-jeon* ("A história de Jeon Uchi"), um romance do século XIX de um autor desconhecido, ele é caracterizado como uma figura semelhante a Hong Gildong, outro herói popular anticonvencional. Em uma história da época Joseon diz-se que, um dia, quando Jeon Uchi recebeu visitas, as pessoas lhe pediram para fazer um truque de magia, e assim ele comeu sopa de arroz no almoço e depois expeliu de sua boca os grãos, que em seguida se transformaram em pequenas borboletas brancas que voaram para seu jardim.

Em outra história da era Joseon, um amigo lhe perguntou se poderia pegar um dos pêssegos de imortalidade do céu. Jeon Uchi responde: "Qual a dificuldade nisso?", e então pede centenas de rolos de corda de palha. Um criado os traz imediatamente. Então, Jeon aponta para uma criança e diz a ela para vir até ele. Jeon joga a corda de palha em direção ao céu e uma ponta ascende às nuvens enquanto a outra permanece no chão. Jeon diz à criança: "Na outra ponta dessa corda há muitos pêssegos azuis. Você deve pegá-los e jogá-los para baixo". Todos na casa de Jeon vêm para fora para esticar seus pescoços e ver a criança subindo cada vez mais alto. Um pouco depois, pêssegos azuis começam a cair do céu, e as pessoas competem entre si pela chance de prová-los – eles são doces e claramente não deste mundo.

Mas, repentinamente, gotas de sangue caem do céu! Jeon Uchi fica apavorado e exclama: "Queríamos comer pêssegos, mas terminamos matando uma criança!" Os convidados, desconfiados, perguntam-lhe o que ocorreu. Jeon explica: "Um guarda dos pêssegos míticos deve ter informado o superior dos deuses celestiais do taoismo e a mataram". Só então, um braço cai do céu, e depois o outro. Um a um, seguem duas pernas, o resto do torso e, finalmente, a cabeça. Os convidados empalidecem de medo. Jeon Uchi recolhe cuidadosamente cada parte desmembrada da criança e as reúne novamente. Após um tempo, a criança se senta e sai correndo. Todos compartilham um olhar, e então caem na gargalhada.

Histórias sobre os feitos e aventuras de Jeon são tão populares que têm aparecido em livros infantis, programas televisivos e filmes coreanos contemporâneos. Uma série ficcional de TV chamada *Jeon Woo-chi*, que foi ao ar entre 2012 e 2013, situa seus eventos em um reino ficcional fundado por Hong Gildong. O filme de 2009, *Jeon U-chi*, promovido em inglês como *Jeon Woo-chi: O feiticeiro taoista*, também conhecido como *Woochi: O matador de demônios*, transforma Jeon em um tipo de super-herói trapaceiro taoista cujo costume é se vestir como um cavalheiro da época Joseon, com um chapéu de pelo de cavalo.

BUDISMO

O budismo influenciou enormemente a cultura coreana. Desenvolvido originalmente na Índia por volta do século V AEC, o budismo que chegou à Coreia veio da China e dos reinos de Goguryeo e Baekje no século IV EC, e foi igualmente adotado como religião estatal do reino de Silla. Com o tempo, espalhou-se pela península, prosperando particularmente durante o período Silla Unificado (668-936). Somente na Dinastia Joseon (1392-1897) sua influência começou a enfraquecer.

Como o budismo foi introduzido na Coreia por monges chineses, é o budismo mahayana, a tradição dominante na China, que

A Chilseong

A Chilseong (칠성/七星, "sete estrelas") é uma deidade ou conjunto de deidades introduzida na Coreia a partir da China via taoismo, e a reconstituição de sua história demonstra quão sincrética a tradição mitológica coreana tende a ser. Na China, a Chilseong era uma deidade taoista que presidia a humanidade e podia garantir boa sorte. Na Coreia, a Chilseong, representada pelas sete estrelas da constelação Ursa Maior, era muitas vezes invocada durante ritos funerários xamânicos para proteção, e em tradições populares. A constelação era cultuada e considerada o lugar no qual o espírito surgiria após a morte. Quando o budismo chegou à Coreia, a Chilseong foi adaptada a um conjunto de sete deidades individuais, cada uma representada por um bodisatva, e santuários para essa versão da Chilseong podem ser encontrados em templos budistas na Coreia.

Pintura das Sete Estrelas (Chil Sung), pergaminho suspenso do começo do século XIX.

O tema de Chilseong é ainda comum na arte e cultura coreanas (por exemplo, grafado como Chilsung, permanece a marca de refrigerante mais popular na Coreia do Sul) e serve como um grande exemplo de como cada nova tradição que se desenvolveu na Coreia homenageava e invocava a antiga.

Wonhyo e a água do crânio

Wonhyo (원효/元曉) foi um monge carismático e controverso do século VII que popularizou as ideias budistas, particularmente aquelas associadas ao budismo da terra pura, na península. Uma das histórias budistas coreanas mais conhecida fala sobre Wonhyo e seu amigo Uisang, que estavam trabalhando para Tang, na China, a fim de estudar o budismo e trazer textos budistas para a Coreia. Mas, ao longo do caminho, foram pegos em uma tempestade. Ao buscarem abrigo, entraram no que consideraram ser uma caverna. Naquela noite, Wonhyo ficou desesperadamente sedento, e no escuro estendeu sua mão e tocou no que considerou ser uma cabaça para beber. Dela, bebeu água fria e refrescante.

Na manhã seguinte, Wonhyo e Uisang descobriram que a "caverna" era, na verdade, uma tumba e que estavam cercados de restos humanos. Wonhyo havia, de fato, bebido água da chuva de um crânio humano. Embora se enojasse com o pensamento, também se deu conta de quão facilmente a mente altera a realidade, e como a percepção é, portanto, uma ilusão. Sabendo disso, não necessitava viajar para a China para aprender mais sobre o budismo – já tivera um despertar, e deixou Uisang seguir sozinho.

Há mais histórias sobre o trabalho que ambos os estudiosos budistas realizariam. Embora tivesse de deixar o sacerdócio após um romance com uma princesa, e muitas vezes ter manifestado comportamentos tradicionalmente não permitidos a budistas – como beber e visitar bordéis –, Wonhyo continuou um professor e comentador prolífico, escrevendo mais de oitenta textos filosóficos em uma tentativa de reconciliar várias formas de pensamento budista. Com Uisang, desenvolveu o que é agora a escola coreana dominante do budismo mahayana.

foi historicamente praticado pelo povo coreano. A tradição mahayana (ou "o grande veículo") enfatiza o papel do bodisatva, e foca a jornada de uma pessoa para ajudar todos os outros entes sencientes a atingirem a iluminação antes de entrarem no Nirvana. (A outra seita importante do budismo, a antiga tradição theravada, foca a jornada de uma pessoa para a iluminação ao se tornar uma *arhat*, ou monástica.)

Após enfraquecer durante a era Joseon, o budismo coreano teve uma ressurgência acentuada nos anos seguintes após a Guerra da Coreia (1950-1953), tornando-se novamente a principal religião da Coreia. Contudo, no século XXI, o budismo tem declinado novamente. De acordo com pesquisas Gallup da Coreia, a percentagem de budistas na Coreia caiu de 24% em 2004 para 16% em 2021.

Os princípios principais do budismo

As raízes do budismo remontam a Sidarta Gautama, um príncipe indiano que ficou profundamente perturbado com o sofrimento que viu fora dos muros do palácio. Ele rejeitou seu direito de nascença real, e deixou o palácio para se tornar um homem santo, sua missão jurada sendo tratar dos problemas fundamentais da senilidade, doença e morte – formas de sofrimento comuns a todas as pessoas. Sidarta Gautama se tornou o Buda quando atingiu a iluminação enquanto meditava sob a árvore Bodhi. Ele é conhecido como o Shakyamuni Buddha por sua linhagem ser do clã Shakya. Shakyamuni significa "sábio dos Shakyas", e é a fonte do termo coreano para o Buda: Seokga.

Como o budismo foi criado como uma resposta ao hinduísmo, a religião mais antiga da Índia, as duas religiões compartilham alguns conceitos-chave, embora tenham sido adaptados para significar coisas ligeiramente diferentes em um contexto budista. Budistas, como hindus, acreditam no *samsara*, o ciclo de nascimento e renascimento contínuo que termina somente com a iluminação. O que mantém as pessoas presas nesse ciclo através de encarnações repetidas é o peso de seu carma. Embora o carma seja comumente compreendido como o fenômeno de boas ações recompensadas e atos imorais punidos, é, na verdade, mais do que uma lei causal. Carma significa "ação", e o processo do carma é uma cadeia causal complexa de ações e consequências que continua em encarnações subsequentes. Enquanto, no hinduísmo, a pessoa evita o fardo do carma seguindo seu darma – os deveres sociais e espirituais específicos à casta e posição social na vida da pessoa –, o budismo rejeita o sistema de castas e introduz a ideia de um darma universal que se aplica igualmente a todas as pessoas.

Um conceito-chave do budismo é *dukka*, uma palavra sânscrita usualmente traduzida como "sofrimento". Essa é a ideia de que o sofrimento é inerente a toda vida – a cada ente no universo. Como os budistas acreditam na reencarnação (*samsara*), esse sofrimento continuará mesmo entre diferentes encarnações de cada ente. A saída do *dukka* é o processo de se iluminar ou despertar – tornando-se um buda – ao seguir as Quatro Verdades Nobres do Caminho Óctuplo.

As Quatro Verdades Nobres são apresentadas como um argumento retoricamente coerente: há sofrimento, o sofrimento tem uma origem, há um fim do sofrimento, e o caminho para o fim do sofrimento é seguir o Caminho Óctuplo. Os passos para o Caminho Óctuplo são: visão correta, intenção/pensamento correto, fala correta, ação correta, subsistência correta (i.e., trabalho que não seja prejudicial a outros), esforço correto (i.e., manter as razões e o estado de espírito corretos), atenção plena correta e compreensão correta. Tudo isso é mostrado nos ensinamentos do Buda, que são coletivamente chamados o darma. Diz-se que quando um homem humilde e sem instrução pediu ao Buda a explicação mais simples de seus ensinamentos que mesmo ele pudesse compreender, o Buda lhe disse: "Faça coisas boas, não faça coisas más, e aprenda a controlar sua mente. Se você fizer essas coisas estará seguindo o darma".

Por que o Buda se senta nessa pose

Representações do Buda o mostram em muitas posições diferentes, e muitas vezes executando *mudra*, que é a pose de ensino e discussão. Uma história popular que budistas e cristãos acham divertida revela o sentido desses gestos. Conta que Jesus e o Buda estavam no céu esperando para serem encarnados na Terra, de modo que jogaram xadrez para passar o tempo. Para tornar o jogo mais interessante, fizeram uma aposta. O perdedor teria uma escolha: pagar ou levar um cascudo na testa. Jesus ganhou o primeiro jogo. Como o Buda era um mendicante e não tinha dinheiro, disse: "Vou receber o cascudo". Jesus o atingiu no meio da testa – *smack!* – e é por isso que o Buda tem uma saliência ali. Então, jogaram outra partida, e, dessa vez, o Buda ganhou. "Bem", disse o Buda, "o que você escolhe? Vai pagar ou levar o cascudo?" Jesus estava para responder, mas era sua vez de nascer na Terra, e, assim, teve de partir depressa. E é por isso que o Buda se senta com uma mão aberta, para aceitar dinheiro, e a outra erguida com um dedo enrolado para dar o cascudo. Ele ainda está esperando.

BUDISMO COREANO

O tipo de budismo que tem sido influente ao longo da história coreana é o budismo Seon (선/禪) (*Seon* sendo derivado do chinês *Chan*, que veio do sânscrito *dyana*, "meditação"). É mais comumente conhecido mundialmente pela pronúncia japonesa, Zen. Na China, budismo e taoismo – que têm uma certa afinidade mútua em suas filosofias subjacentes – se combinaram para formar a tradição Chan. Isso está em sintonia com os coreanos e sua queda pelo sincretismo. Budistas seon acreditam que a prática da meditação é a chave para a iluminação, embora um lado acadêmico do Seon também exista, envolvendo o estudo de escrituras budistas. Um aspecto importante do budismo seon é um foco no *gongan* (novamente, mais conhecido popularmente pelo termo japonês, *koan*): uma pergunta paradoxal, insolúvel por meios racionais, que é destinada a levar os estudantes a um despertar.

Buda na clássica pose "tocando a terra". Seokguram Grotto, Templo Bulguksa.

A sexta das "Dez imagens do pastoreio de bois" ou *sipu* (십우), um tema popular em paredes de templos, que mostra a jornada de um menino para a iluminação.

Reencarnação

Xamanismo, taoismo, budismo e muitos confucianos compartilham a crença na reencarnação. O processo específico varia de acordo com a tradição, mas geralmente a reencarnação segue o que é descrito no budismo: quarenta e nove dias após a morte da pessoa, sua alma transmigra para um novo corpo (usualmente o de uma criança recém-nascida), e, então, após alguns anos, esquece os detalhes de sua vida prévia. (Para budistas ocidentais que insistem em que os budistas não acreditam na existência de uma alma, isso pode ser um impasse.)

Talvez a melhor descrição do processo de reencarnação em toda a literatura possa ser encontrada no clássico budista do fim do século XVII O sonho das nove nuvens (□□□/九雲夢), um romance escrito por Kim Man-jung, que foi conselheiro do Rei Sukjong da era Joseon. No romance, um jovem monge chamado Hsing-chen, com um grupo de oito fadas taoistas, é enviado ao inferno por um grande mestre budista como punição por um lapso no comportamento do monge noviço, que, contrariando seus votos monásticos, abusou de seus poderes espirituais e flertou com as oito fadas enquanto estava embriagado pelo vinho. Quando ele e as oito fadas chegaram para se submeter ao julgamento diante de Yama, rei do mundo subterrâneo, esse se confunde com o que acredita ter sido um erro burocrático. Aqueles nove nomes não aparecem no livro de registros dos mortos! Para corrigir o erro, pelo qual poderia ser punido por seu superior, Yama ordena que os nove sejam enviados de volta ao mundo para serem reencarnados. Os emissários de chapéus amarelos de Yama os jogam no vazio vertiginoso:

[...] um grande torvelinho surgiu e carregou as oito fadas e o jovem para o vazio, onde foram espiralados separadamente e lançados em oito direções. Hsing-chen nasceu próximo ao vento, jogado para lá e para cá no espaço infinito até que, afinal, pareceu estar em terra firme.

Quando a tempestade acalmou, Hsing-chen se recompôs e [...] pôde ver uma dezena de casas com telhados de palha. Várias pessoas estavam reunidas lá, e ele podia ouvi-las falando. "Isso é uma maravilha!", eles disseram. "A esposa do eremita Yang tem mais de 50 anos e mesmo assim vai ter um filho! Esperamos por isso há muito tempo, mas ainda precisamos ouvir a criança chorar. Esses são momentos ansiosos."

Hsing-chen disse para si: "Renascerei no mundo dos humanos. Posso ver que sou somente um espírito agora, porque não tenho corpo. Deixei-o no Pico do Lótus. Já foi cremado, e sou tão jovem que não tenho discípulos que recuperem minhas relíquias e as mantenham seguras".

Como essas ruminações sobre o passado o encheram de tristeza, um dos emissários de Yama apareceu e o movimentou. "Essa é a cidade de Hsiu-chou da província de Huai-nan no império de Tang", ele disse. "E aqui está o lar do eremita Yang, que é seu pai. Essa é a esposa dele, Liu, sua mãe. Seu carma é ser reencarnado nessa casa, então, vá rápido. Não perca esse momento auspicioso!"

Hsing-chen foi imediatamente, e lá estava sentado o eremita usando seu chapéu de juncos e um casaco rústico de tecido de cânhamo. Ele estava preparando um tipo de medicamento em um braseiro diante dele, e a fragrância invadiu a casa. Do quarto dos fundos veio um gemido indistinto de alguém com dor.

"Entre rápido. Agora!", o emissário insistiu novamente. Quando Hsing-chen continuou a hesitar, o mensageiro lhe deu um empurrão forte por trás.

Hsing-chen caiu no chão e instantaneamente perdeu a consciência. Parecia que havia sido propelido a um grande cataclisma natural. "Ajude-me!", gritou. "Salve-me!" Mas os sons ficaram presos em sua garganta, inarticulados, até que se tornaram gritos de um bebê.

Deidades primárias

Os budas muitas vezes venerados no budismo coreano são Seokga (Shakyamuni), Mireuk (Maitreya) e Amida (Amitabha). Seokga é o Buda Shakyamuni, o buda histórico que é o originador do darma. Mireuk é considerado o buda da época seguinte. Diz-se que só aparecerá quando o darma – todos os ensinamentos budistas – tenha desaparecido deste mundo. Na Coreia tornou-se muito popular retratar Mireuk na pose pensativa, com seus dedos tocando sua bochecha como se estivesse contemplando algo. Ele é popular também por seu paralelo com a segunda vinda de Cristo. Amida é o buda da luz infinita, e a deidade primária do budismo da terra pura, uma seita que se tornou muito popular no leste da Ásia e que muitos budistas coreanos continuam a praticar. O objetivo do budismo da terra pura é o renascimento no domínio de Amida na próxima encarnação. Diz-se que antes que se iluminasse, o Buda Amida fez um voto de que estabeleceria a terra pura, um paraíso no Oeste no qual todos que realizassem boas ações e recitassem seus mantras renasceriam. Todos que reencarnam na terra pura teriam atingido um estado equivalente ao de um bodisatva e seriam iluminados, atingindo a condição de buda nessa encarnação.

Outro tipo proeminente de deidade budista é o bodhisattva [bodisatva] (*bosal* em coreano, 보살/菩薩). No sânscrito, *bodhi* significa "desperto" ou "sabedoria", e *sattva* significa "um ente". Um bodisatva é um ente que atingiu um grande despertar ou está à beira da iluminação, mas renuncia seu ingresso no Nirvana. Em vez disso, fizeram um voto de ajudar todos os outros entes sencientes a atingirem a iluminação antes deles. Por vezes, Mireuk é considerado um bodisatva, que se torna um buda na próxima era. Bodisatvas são comumente retratados com poderes especiais que foram concedidos para ajudar todos os entes, e são muitas vezes mostrados como auxiliares de budas. Por exemplo, o Buda Amida é muitas vezes descrito como uma parte de uma tríade, na qual se encontra no centro e seus bodisatvas auxiliares Gwanseeum (Avalokiteshvara) e Daeseji (Mahasthamaprapta).

De fato, Gwanseeum, também chamado Kwaneum, é o bodisatva mais famoso no budismo coreano, e uma das deidades mais importantes no budismo coreano em geral. O nome, em suas várias ortografias, significa "aquele que percebe os sons do sofrimento". Avalokiteshvara era, originalmente, uma deidade masculina indiana e é masculina em culturas como o Tibete, mas nas versões do Leste Asiático – a Gwanseeum coreana, a Guanyin chinesa e a Kanon japonesa – a figura é feminina. Contudo, a Guanyin chinesa e a Gwanseeum coreana são por vezes retratadas com um longo bigode, enquanto as versões masculinas de Avalokiteshvara não possuem pelos faciais. Em algumas culturas, essa deidade é uma forma de gênero neutro, não sendo masculina nem feminina. Alguns estudiosos teorizam que uma combinação com a figura cristã de Maria influenciou a mudança no sexo na época em que Gwanseeum chegou à Coreia, uma vez que ambas são associadas à misericórdia e ao mar (Gwanseeum é conhecida por proteger marinheiros e pescadores e por salvar pessoas que estão se afogando).

CONFUCIONISMO COREANO

Embora a Coreia conhecesse do pensamento confucionista na época em que o taoismo e o budismo atingiram a península nos séculos I e IV, o confucionismo não se estabeleceu na Coreia de um modo significante até a era Joseon no fim do século XIII. Até esse ponto, o budismo fora a filosofia nacional – o confucionismo foi uma razão importante para seu enfraquecimento, e a Coreia é agora a sociedade mais confuciana do mundo.

A Coreia é uma sociedade neoconfucionista. Isso significa que é altamente receptiva a uma forma de confucionista que não retroage ao próprio Confúcio, mas que foi compilada no século XII pelo estudioso da Dinastia Song, Zhu Xi, em *Os quatro livros* (四書). Zhu Xi foi um crítico duro do budismo, e favoreceu os aspectos metafísicos

A *Tripitaka Coreana*

O nome da compilação do cânone budista é a *Tripitaka*, sânscrito para "três cestos". Consiste nos sutras (ensinamentos escritos do Buda Shakyamuni), sastras (comentários de outros mestres sobre os sutras), e os vinayas (regras para o Sangha, que significa ordem monástica budista). A *Tripitaka Coreana* inclui todos esses escritos, bem como materiais unicamente coreanos.

Foi compilada pela primeira vez ao longo de setenta anos no século XI, mas essa edição foi queimada pelos invasores mongóis em 1232. Em 1236, mesmo enquanto as invasões continuavam, o governante de fato de Goryeo, Choe U, criou o Escritório da

Blocos de madeira da *Tripitaka Coreana*, guardados no salão especialmente construído.

do confucionismo que foram desenvolvidos desde sua instituição. Embora estivesse muito interessado nos trabalhos taoistas como o *I Ching* e tenha usado linguagem semelhante para descrever elementos de sua filosofia (por exemplo, referindo-se a uma "mente universal pura" que soa muito similar à ideia budistas de "natureza

Uma página impressa da *Tripitaka Coreana*.

Compilação da *Tripitaka* (*Daejang Dogam*) a fim de recriá-la. Os monges e artesãos levaram quinze anos para completar essa versão da *Tripitaka Coreana*, que consiste em mais de 80.000 blocos de madeira (e é por isso que a *Tripitaka Coreana* é usualmente chamada *palman daejanggyeong* [팔만 대장경], que significa os "oitenta mil *tripitaka*") com um total de mais de 52 milhões de caracteres chineses esculpidos neles. Mesmo a preparação da madeira de bétula para corte levou anos, envolvendo imersões em água salgada e secagem ao vento. Uma vez finalizados, os blocos foram guardados na Ilha de Ganghwa, depois movidos para Seul, e, finalmente, em 1938, para o Templo Haeinsa, onde prédios, projetados com base nos princípios taoistas de equilíbrio dos elementos e, juntos, denominados o Salão Tripitaka, são dedicados ao armazenamento e preservação dos blocos de madeira.

original"), a compreensão de Zhu era que todas as pessoas nascem puras e boas, mas podem ser maculadas pela influência do mundo material, levando a desejos impuros. Ele escreveu que era por meio da prática das virtudes confucianas que a mente poderia ser reconduzida ao seu curso próprio.

Estatueta dourada de Mireuk Pensativa (Maitreya), do período dos Três Reinos. Mireuk era popular durante essa época, especialmente entre a aristocracia.

A devoção filial (효/孝, *hyo* em coreano) é a pedra de fundação do neoconfucionismo da Coreia, e um dos conceitos-chave que Zhu Xi destaca em seus trabalhos. Essas são regras destinadas a construir um bom caráter e ditar como as pessoas em diferentes relações entre si deveriam se comportar. As Cinco Relações são as seguintes: pais e filhos, governante e súdito, esposo e esposa, irmão de mais idade e irmão mais jovem, e amigos com amigos. Em cada relação, com a exceção da relação de amizade, uma pessoa está sempre acima da outra na hierarquia.

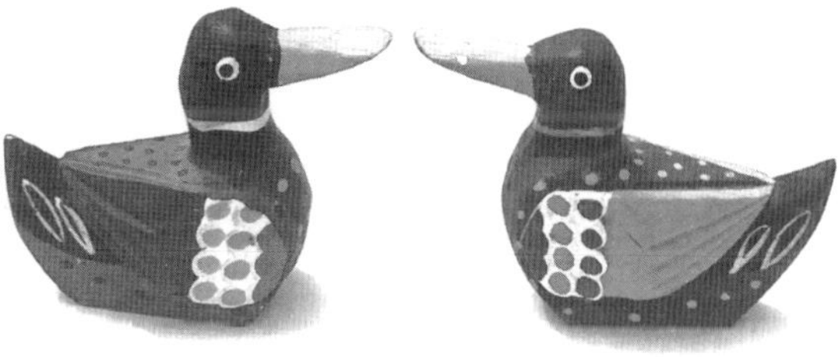

Um par de pequenos patos de casamento, *c.* 1980. Patos de casamento eram dados a recém-casados na Coreia para significar fidelidade.

Pais, governantes, esposos e irmãos de mais idade estão acima de suas contrapartes, e devem se comportar de um modo justo e solícito. Enquanto isso, crianças, súditos, esposas e irmãos mais jovens devem auxiliar e servir suas contrapartes e fazer o que lhes pedem. A relação entre amigos difere na medida em que deve haver cooperação e uma compreensão de que nenhum está acima nem abaixo do outro. Contudo, se um amigo tem mais idade do que o outro, mesmo por uma margem pequena, as regras para relação entre pessoas menos e mais jovens se aplicam, criando, assim, uma hierarquia também nessa relação. (Essa é uma das razões pelas quais na Coreia, quando as pessoas se encontram, tentam imediatamente determinar quem tem mais idade.) A devoção filial significa venerar e cuidar de seus anciões, a fim de reciprocar o que fizeram por seus filhos, e se submeter àqueles que são "superiores" como definido pelas Cinco Relações.

Papéis estritos de gênero também são centrais ao neoconfucionismo coreano: ou seja, os homens controlam os aspectos exteriores (*oe*, 외), públicos, da vida, enquanto as mulheres controlam os aspectos interiores (*nae*, 내), domésticos, da vida. Embora isso jamais tenha sido verdadeiro na prática, particularmente entre coreanos das classes inferiores (por exemplo, as mulheres trabalham nos arrozais e lidam com a cultura comercial frenética), é um ideal que permeou a filosofia coreana, e é reforçado na mitologia e na literatura, especialmente, quando a classe superior coreana tradicional governante *yangban* é retratada.

O confucionismo permeia muitos aspectos da vida coreana – mesmo a estrutura corporativa na Coreia, que é há muito baseada nas estruturas societais promovidas pelo confucionismo. O serviço militar obrigatório para todos os homens coreanos se conecta às mesmas ideias que permearam a cultura do concurso para o serviço público, proposto para instilar em todos os homens uma prontidão para a força de trabalho e um respeito por seus superiores.

Rituais e marcas

Tem havido muito debate sobre se o confucionismo é uma religião ou um paradigma não religioso para estabelecer e manter a ordem e a hierarquia sociais. O confucionismo suprimiu a prática de religiões como o xamanismo e o budismo. A ideia confuciana de que homens estão acima das mulheres é antitética à transgressão de gênero e à tradição xamânica liderada por mulheres na Coreia, especialmente pelo fato de a condição de xamã ter sido sempre um modo de as mulheres ganharem a vida. E, como mencionamos acima, a filosofia de Zhu Xi foi uma forte influência no confucionismo coreano, e ele era antibudista. Geralmente não há templos ou sacerdotes confucianos dos quais falar. Contudo, muitas características do confucionismo que o fazem não parecer uma religião também se aplicariam ao xamanismo coreano, e o impacto do confucionismo na sociedade coreana tem um alcance tão longo e afeta tantos aspectos da vida, incluindo religiosos, que pertence a esta seção.

Um dos rituais confucianos mais proeminentes na Coreia é iniciado com oferendas a ancestrais em santuários. A cerimônia que envolve pôr a mesa é conhecida como *jesa* (제사/祭祀), e, embora rituais ancestrais tenham existido na Coreia desde a pré-história, tornaram-se formalizados pela codificação do confucionismo. Há diferentes tipos de jesa, organizados em diferentes momentos e para diferentes tipos de parentes, e mesas postas para jesa podem ser muito elaboradas, com a colocação de diferentes itens de alimentos em diferentes lugares.

Cultura do concurso público

Um aspecto-chave da cultura neoconfuciana coreana, que se arraigou durante a era Goryeo e Joseon, foi o concurso para o serviço público (chamado *gwageo*, 과거/科擧, em coreano). Com base no ideal da Dinastia Tang, em que estadistas devem ser bem-versados na cultura e na arte do debate, os concursos para o serviço público determinavam a posição política deles. Áreas especiais do palácio eram designadas como salas de estudo e espaços de aplicação de provas. O concurso testava homens principalmente em composição (em prosa e em verso) e conhecimento de literatura clássica; a ação política e militar é secundária ao aprendizado literário.

A cultura do concurso para o serviço público era tão central que se tornou mitificada. Considera-se que figuras coreanas famosas dessas épocas tenham atingido a pontuação mais alta nesses concursos, e foram honradas pelo próprio rei.

Ilustração: Retrato de um candidato bem-sucedido no concurso para o serviço público. Em sua roupa está um *haetae*.

Um monte sepulcral ancestral com um altar de sacrifícios.

Uma mesa *jesa* tradicionalmente posta diante de uma tela de painéis dobráveis.

Uma suposição básica na Coreia é que outros coreanos participarão das tradições confucianas, e que mesmo que sejam conhecidos como pessoas rebeldes e rejeitem o confucionismo em geral, ainda há uma expectativa de que honrarão os princípios da devoção filial, da visita aos túmulos de seus ancestrais nas épocas próprias de cada ano, e assim por diante. Os coreanos são, culturalmente, confucianos mesmo que rejeitem aspectos individuais do confucionismo – ou seja, seu grau de codificação – e temas neoconfucionistas podem ser identificados em praticamente todo mito e história popular coreanos.

Confucionismo e mulheres

O confucionismo coreano não pode ser separado de seus efeitos sobre as mulheres. O pensamento confucionista é o de que as mulheres estão abaixo dos homens, e que em sua vida devem trabalhar para servi-los, seja seu esposo, como mencionado nas Cinco Relações, seja seu pai antes de se casarem. Espera-se que também sacrifiquem tudo por seus filhos, como pode ser visto em muitas histórias populares coreanas. Há uma forte pressão para que as mulheres coreanas se casem jovens, e para serem educadas apenas em campos específicos e não detenham poder sobre seus colegas homens.

Na mitologia coreana, as mulheres que desafiam esses valores – as que são ambiciosas, fazem jogos de poder ou desconsideram a linhagem apropriada – são geralmente vilificadas. Huibin Jang, a rainha de Joseon de 1689 até que fosse deposta em 1694, é um ótimo exemplo. Ela era originalmente a consorte do Rei Sukjong antes de ser promovida a rainha. Na literatura coreana é caracterizada como uma vilã que contratou uma xamã para amaldiçoar e se livrar da esposa virtuosa do Rei Sukjong, a Rainha Inhyeon. Recorrer ao xamanismo é particularmente antitético aos valores confucianos. Diz-se também que a Rainha Jang ficou tão zangada quando o filho que pariu para o Rei Sukjong não foi instalado como o novo herdeiro legítimo, e que golpeou seu filho com tanta força nos testículos que ele se tornou infértil, outro ato em séria desobediência ao

Confucianos (literalmente) urinando em mulheres

Uma dupla medida revelada através de duas histórias populares coreanas com relação aos restos humanos torna muito clara as várias visões sobre as mulheres na Coreia neoconfuciana. Em uma, um jovem estudioso se embriaga em uma festa e cambaleia por uma trilha. Ele está tão apressado para se aliviar que sequer entra no bosque antes, optando, em vez disso, por urinar bem ao lado da estrada. Ao puxar suas calças para cima, ouve a voz de uma mulher: "Estou eternamente grata a você. Morri uma donzela, e como tal fui enterrada aqui em uma cova rasa. Mas, agora que você me mostrou sua coisa mais preciosa, posso ir para o outro mundo satisfeita". O homem se assustou, mas dizem que o fantasma fez com que passasse com as notas mais altas no concurso para o serviço público em todo o país.

Em contraste, outra história popular fala sobre o perigo de urinar sobre os restos mortais de uma mulher se *não* foram enterrados. Nesta história, um jovem observa que está urinando sobre um osso desbotado. Ele pergunta ao osso: "Está frio?", e o osso responde: "Está frio". Ele lhe pergunta: "Está quente?", e o osso responde: "Está quente". O homem fica aterrorizado e tenta correr, mas o osso continua a persegui-lo. Ele termina chegando a uma casa de vinhos e diz ao osso: "Você poderia me esperar aqui, por favor, vou pegar um pouco de vinho de arroz para nós". O homem entra na casa de vinhos e depois sai pela porta dos fundos, e não vê mais o osso. Mas muitos anos depois volta à casa de vinhos e observa que há uma nova bem em frente à antiga. Ele vê uma bela mulher bebendo vinho de arroz lá dentro, e então entra e lhe fala sobre sua desventura com o osso. "Ah! Então, era você!", ela exclama, transformando-se em uma raposa-demônio de nove caudas. "Aquele osso branco era eu! Tenho esperado por você aqui todo esse tempo!" Com isso, ela o engole. Nessa história a mulher é uma figura demoníaca assustadora, enquanto na primeira história é jovem e grata pela honra de terem urinado sobre ela.

confucionismo. Após ser deposta e exilada, Jang foi sentenciada à morte e bebeu veneno. Em tempos mais recentes, isso foi reapresentado como um tipo de ato heroico ou desobediente além do retrato tradicional como uma punição merecida.

CRISTIANISMO

Evidências arqueológicas sugerem que o cristianismo pode ter estado na Coreia em sua forma nestoriana já no século XI, mas a chegada mais antiga documentada foi via Yi Su-gwang, um diplomata e oficial militar que voltou da China com textos teológicos jesuítas no começo do século XVII. Em 1758 o catolicismo foi oficialmente banido pelo Rei Yeongjo de Joseon, que acreditava que as novas ideias fossem subversivas e ameaçadoras à autoridade da classe governante. Foi apenas no fim do século XVIII que o catolicismo voltou à Coreia seriamente, através dos esforços de missionários da França e da China. As origens da Igreja Católica coreana remontam a 1784, quando Yi Seung-un, um *yanban* (integrante da classe aristocrática), foi batizado em Pequim e trouxe crucifixos, textos e outros itens consigo para ajudá-lo a difundir a nova religião.

Missionários e mártires

A elite confuciana percebeu os novos ensinamentos como uma ameaça aos valores tradicionais coreanos, e Yi Seung-hun foi decapitado no que é agora chamado a Perseguição Católica de 1801, tornando-se um dos primeiros mártires católicos da Coreia. O século XIX testemunharia a perseguição intensa de católicos. Em 1866 nove padres franceses e 8.000 católicos coreanos foram mortos. Todavia, a despeito dessa terrível supressão, a fé perdurou, e os mártires se tornaram um símbolo da resiliência da igreja.

Como os coreanos já estavam culturalmente familiarizados com os aspectos místicos do xamanismo, igrejas carismáticas cristãs e líderes religiosos foram capazes de adaptar elementos das tradições nativas da Coreia à nova religião e o cristianismo evangélico se tornou uma força especialmente poderosa. A primeira igreja protestante na Coreia foi estabelecida em 1883 por Lee Soo-jung, que fora batizado no Japão. Missionários americanos em breve chegariam à Coreia, alguns dos quais se tornariam proeminentes no

Cristianismo, educação e medicina

O desenvolvimento da educação e da medicina nos tempos modernos está entrelaçado à história do cristianismo na Coreia. Um ótimo exemplo é a Universidade Yonsei, uma das mais famosas e prestigiosas da Coreia do Sul. Yonsei foi fundada quando Severance (anterioremtne *Gwanghyewon*), o hospital de estilo ocidental mais antigo na Coreia – que foi fundado por Horace Newton Allen, um missionário médico protestante – se fundiu à faculdade cristã que também havia sido fundada por missionários, incluindo Horace Grant Underwood, um presbiteriano. Ocorre que Underwood também era um daqueles que contribuiu para a tradução da Bíblia para o coreano. A Universidade para Mulheres Ewha, outra das mais prestigiosas universidades coreanas e uma das maiores universidades de mulheres do mundo, foi fundada como uma escola missionária metodista para meninas por Mary F. Scranton, a primeira representante da Sociedade Missionária Estrangeira da Mulher Metodista a ir para a Coreia.

O emblema da Universidade para Mulheres Ewha.

projeto cristão para educar coreanos, particularmente mulheres. Além de seu papel na educação, missionários protestantes desempenhariam um papel crucial nos cuidados de saúde e na reforma social, contribuindo para a modernização da sociedade coreana. As missões presbiterianas e metodistas foram particularmente influentes, estabelecendo escolas e hospitais – algumas das quais ainda operam. O cristianismo se tornou um fenômeno tamanho na Coreia que na época da anexação japonesa da Coreia a cidade do norte de Pyongyang passou a ser conhecida como "a Jerusalém do leste".

Os missionários também defendiam a justiça social, os direitos humanos e os ideais democráticos. A influência cristã era evidente nas vidas de figuras proeminentes como Kim Chang-jo, um ativista que desempenhou um papel crucial no Movimento de 1º de Março pela independência coreana em relação ao governo japonês. No século XX a repressão do movimento pela independência coreana pelo governo colonial japonês levou à execução de muitos missionários cristãos e à censura de suas publicações, uma vez mais tornando cristãos mártires e forjando uma conexão entre sua fé e a luta coreana pela independência. O fato de que leigos podiam se tornar líderes religiosos também tornou o cristianismo acessível como uma tradição religiosa do povo. A mensagem dos missionários de que todos eram iguais aos olhos de Deus e Jesus Cristo tornou a religião especialmente atraente à classe trabalhadora e aos camponeses, bem como à classe média emergente – e particularmente às mulheres, que eram tradicionalmente relegadas a posições de servidão sob a filosofia confucionista.

Os missionários também chamaram a atenção da Coreia para o mundo exterior. Como a Igreja Católica na Coreia obrigava seus seguidores a aprenderem a ler e escrever em *hangul*, para educar novos convertidos, os missionários tinham primeiro que se familiarizar com a língua coreana. Assim, muitos dos primeiros tradutores do coreano eram missionários. Uma figura proeminente no campo da tradução coreana foi James Scarth Gale (1863-1937), um missionário presbiteriano. Ele foi a primeira pessoa a traduzir clássicos coreanos, incluindo *O sonho das nove nuvens*, para o inglês. Ele também traduziu compilações de histórias populares, criou vários dicionários da língua coreana e trabalhou nas traduções coreanas da Bíblia. Sua versão preferida do texto a tornou mais acessível e lançou os fundamentos para muitos coreanos se converterem à religião cristã.

Após a Guerra da Coreia (1950-1953), o número de cristãos cresceu rapidamente na Coreia do Sul, quando a devastação provocada pelo conflito e os subsequentes desafios econômicos levaram muitos a buscar a religião para consolo e esperança. Igrejas se tornaram centros vibrantes de vida comunitária, provendo não somente orientação espiritual como também apoio social e econômico. Missionários cristãos hoje muitas vezes citam a Coreia como a grande história de sucesso missionário, e muitos cristãos coreanos são missionários – em 2007, a Coreia era o país com mais missionários, além dos Estados Unidos.

CHEONDOGYO, O CAMINHO DO CÉU

A Coreia fechou suas fronteiras no começo do século XIX, mas foi impossível para ela se manter um "reino ermitão" – como ficou popularmente conhecida no fim daquele século – para sempre. Em 1866, após um massacre de católicos coreanos – incluindo missionários

O símbolo de Cheondogyo, mostrando a influência taoista.

franceses – nas ordens da Dinastia Joseon, a França invadiu a Ilha Ganghwa, que está a apenas 30km da capital. Os franceses planejaram marchar em Seul e destruí-la do modo como os britânicos destruíram o Capitólio americano durante a Guerra de 1812, mas fracassaram após uma feroz resistência e tiveram de se retirar. Naquele mesmo ano, o navio a vapor americano *General Sherman* encalhou próximo a Pyongyang durante sua missão de abrir forçosamente o comércio com a Coreia e foi destruído pelos navios de fogo coreanos após uma batalha de quatro dias. Em retaliação, os americanos invadiram a Ilha Ganghwa em 1871 com um esquadrão de cinco navios e 1.200 homens. De acordo com suas estimativas, eles mataram 350 coreanos antes de partir, tendo também fracassado. Em 1876, a Coreia fez um acordo de comércio com o Japão, e, em 1882, assinou um tratado com os Estados Unidos. Em 1885,

A Pagoda Wongaksa de mármore de dez andares em Seul. O parque onde se encontra foi o local do primeiro protesto de massa de coreanos contra o domínio colonial japonês.

para não ser ultrapassada, a Marinha Real britânica assumiu o controle da Ilha Geomun por dois anos.

Todas essas incursões forçadas por potências estrangeiras só ampliaram a grande agitação social já em gestação na Coreia. A introdução do *seohak* (서학/西學), ou "aprendizado ocidental", expôs os problemas da hierarquia social, particularmente porque missionários cristãos haviam levado alfabetização às massas. O que aconteceu foi um levante simultâneo contra a injustiça local e a incursão estrangeira: o movimento *donghak* (동학/東學), "aprendizado oriental", que enfatizou o pensamento asiático tradicional em oposição ao "aprendizado ocidental" importado (particularmente do tipo científico), enquanto, ao mesmo tempo, criticava severamente a desigualdade social que a ideologia neoconfuciana manteve durante o poder da monarquia.

A intenção do movimento Donghak, liderado por Choe Je-u, uma figura carismática, era reaver O Mandato do Céu (천명/天命), um conceito filosófico emprestado das dinastias chinesas considerando a legitimidade do governo terreno; e era essencial a esse propósito a criação de uma religião nativa sincrética chamada cheondogyo (천도교/天道教), literalmente, "a religião do caminho do céu". Choe estudou cristianismo e confucionismo enquanto trabalhou na propriedade rural de seu pai, e mais tarde passou um tempo no mosteiro budista. Seus ensinamentos enfatizavam a igualdade, a justiça e a autoconfiança, uma mensagem que estava em sintonia com o povo comum, marginalizado e oprimido na sociedade confuciana hierárquica.

Ao promover valores igualitários e defender reformas sociais, a cheondogyo se tornou uma força significativa de mudança e reforma política. A religião, então, desempenhou um papel importante na Revolta Campesina de Donghak de 1894, um levante sangrento liderado pelos seguidores de Choe. Diz-se que o exército de camponeses de Donghak trabalhava nos campos durante o dia e matava seus senhorios à noite, redistribuindo suas terras – e é por isso que a cheondogyo é uma das poucas religiões toleradas na Coreia do Norte. Embora o levante tenha sido por fim suprimido por uma resposta militar brutal, apoiada pela intervenção estrangeira, que dizem ter resultado em cerca de 100.000 a 200.000 mortes, pavimentou o caminho para movimentos políticos subsequentes e contribuiu para a anexação japonesa e a eventual modernização da Coreia.

A cheondogyo incorpora elementos do confucionismo, budismo, xamanismo e mesmo do cristianismo, e seu sincretismo a separa das outras tradições coreanas religiosas. A crença em Cheonju, a deidade última ou Deus, é central à cheondogyo. Esse monoteísmo, que é similar ao cristianismo, também a distingue de outras religiões do leste da Ásia. Como o taoismo, a cheondogyo enfatiza a harmonia entre humanidade e natureza. Reconhece a interdependência dos humanos e do mundo natural e promove o gerenciamento responsável do ambiente (como o protestantismo). Essa consciência ecológica antecede o movimento ambiental moderno e mostra os princípios inovadores da religião.

A cheondogyo também coloca grande importância no conceito de *Haneullim*, literalmente "céu honrado" ou mesmo "céu divino", um termo que compartilha uma raiz etimológica com Hananim e Haneunim, nomes coreanos para Deus. *Haneullim* – o termo cheondogyo – se refere ao aspecto divino em cada pessoa, em sintonia com a ideia do Espírito Santo no catolicismo e a ideia budista de que há uma "natureza original" – natureza-buda – em cada pessoa. Essa crença na divindade inerente empodera as pessoas, levando a um foco no autocultivo e na conduta moral. A cheondogyo encoraja seus seguidores a levarem vidas éticas e virtuosas, contribuir para a sociedade e trabalhar pelo melhoramento da humanidade – ideais que estão em sintonia com a tradição confuciana – enquanto seus rituais incorporam elementos do catolicismo e do xamanismo.

A cheondogyo emergiu durante um período transformador na história coreana e desempenhou um papel instrumental ao desafiar a ordem estabelecida. Ao defender igualdade social, justiça e autoconfiança, a cheondogyo ofereceu uma mensagem de esperança e empoderamento às massas marginalizadas. Sua mistura única de crenças e práticas religiosas, enraizadas em uma estrutura monoteísta, em uma consciência ecológica e uma ênfase na divindade individual, separa-a de outras religiões coreanas e contribui para sua presença duradoura na sociedade coreana.

A Igreja da Unificação de Sun Myung Moon

A Igreja da Unificação, também conhecida como a Federação Familiar pela Paz e Unificação Mundial, foi fundada por Sun Myung Moon (문선명/文鮮明 1920-2012) em 1954. Moon, que nasceu na Coreia do Norte, alegava ter tido uma visão mística na qual Jesus Cristo lhe apareceu e lhe pediu para completar sua missão não realizada de estabelecer o Reino de Deus na Terra. Mais tarde, o objetivo proposto de Moon era liderar um movimento global pela unificação de todas as religiões na criação desse reino celestial. Para os coreanos, o uso do termo "unificação" evoca fortemente o sonho de reunificação da península. No Ocidente, os seguidores do movimento são muitas vezes coloquialmente referidos como os "*moonies*".

Moon era um líder muito carismático e, embora decididamente anticomunista, usou grande parte do mesmo simbolismo e da retórica usados por Kim Il-sung. Os *hanja* do nome de Moon são auspiciosos: seu sobrenome, 文 (Mun), é o caractere de um nome que também pode ser lido como "literatura" ou "linguagem". O segundo caractere, 鮮, significa "raro", "fresco" ou "brilhante", e o terceiro, 明, que é constituído dos caracteres para o sol e a lua, que significa "brilho" ou "brilhante". Juntos, sugerem que seja um falante raro e duplamente brilhante. Mas Moon também intencionalmente romanizou seu nome para colocar o sol e a lua em cada lado de Myung, de modo que seu nome se tornasse um talismã taoista, um símbolo alquímico dos dois corpos celestes mais brilhantes, significando esclarecimento e iluminação divina. Isso tornava Moon a incorporação de uma luz-guia do mesmo modo que Kim Il-sung era a luz divina da Coreia do Norte. *O princípio divino* de Moon, o texto teológico central da Igreja da Unificação, combina ideias e imagens tiradas do cristianismo, confucionismo e outras tradições, e, sob esse aspecto, é similar à cheondogyo. Todavia, a Igreja da Unificação também foi vinculada a um culto: é conhecida por suas cerimônias de casamento em massa, referidas como "cerimônias de bênção", durante as quais milhares de casais especialmente escolhidos se casavam ao mesmo tempo em um grande estádio, e acumulou uma vasta riqueza ao explorar seus membros. A retórica homofóbica veemente de Moon é também altamente controversa. O próprio Moon se mudou para os Estados Unidos em 1971, e, em 1982, foi condenado por evasão de impostos e passou dezoito meses na prisão. Após sua morte em 2012, sua esposa assumiu a liderança da igreja, mas sua presença pública e atividades diminuíram bastante. Contudo, mais recentemente, a Igreja da Unificação recebeu críticas por seu apoio a Donald Trump e à insurreição de 6 de janeiro nos Estados Unidos.

3

FANTASMAS, ESPÍRITOS E SUPERSTIÇÃO

A Coreia tem uma relação complicada com o sobrenatural. A norma societal na cultura neoconfucionista coreana era suprimir crenças "supersticiosas", de acordo com o pensamento dos filósofos fundadores do neoconfucionismo. Contudo, quando havia problemas em uma escala individual, a primeira coisa que uma família fazia era consultar o xamã local. James Scarth Gale, um dos primeiros missionários a traduzir literatura e histórias populares coreanas ao inglês, observou que os coreanos – particularmente estudiosos, que eram seus contatos mais próximos – hesitavam em discutir questões sobrenaturais em público, mas, privadamente, acreditavam fortemente nelas. Foram necessárias quase duas décadas para que Gale fosse capaz de ler e traduzir histórias de fantasmas tradicionais. Essa tensão entre rejeição e adoção do sobrenatural persiste até hoje na Coreia.

Presentes ruins

Os coreanos evitam dar pentes e sapatos de presente. Isso porque o pente é usado para partir o cabelo de alguém e sapatos são usados para partir. Considera-se que esses presentes sejam ominosos e possam terminar uma relação. Se esse é um presente inevitável, quem o recebe deve pagar a quem lhe dá uma quantia simbólica de dinheiro para neutralizar o simbolismo. Por outro lado, se os coreanos dão uma carteira, uma bolsa ou uma sacola de presente, sempre lembram de colocar algum dinheiro dentro.

ENTES SOBRENATURAIS

O mundo coreano é partilhado com espíritos. Alguns envolvem aspectos da natureza, como o *sanshin* (산신/山神, literalmente "espírito da montanha" ou "deus da montanha"), muitas vezes também chamado o ancião da montanha, uma figura e conjunto de figuras agora reverenciados por coreanos de todas as denominações religiosas. Dizem que, quando o rei mítico Dangun se aposentou e se tornou um deus da montanha, tornou-se um *sanshin*.

Toda península coreana está cheia de montanhas que são há muito consideradas sagradas pelo povo local, e cada montanha importante tem um *sanshin*. Essas são descritos como homens idosos e barbudos, muitas vezes acompanhados por um tigre e auxiliares de forma humana. Por vezes, um *sanshin* é mostrado segurando um objeto que reflete sua idade e sabedoria, como uma bengala ou um pincel de caligrafia. Erigir uma estela esculpida com caracteres chineses a fim de representar e venerar o *sanshin* de uma montanha é uma

Uma pintura de um *sanshin* com um tigre.

Uma estátua de uma *sanchin* do Monte Jirisan.

tradição coreana antiga, mas agora santuários dedicados a *sanshin* tipicamente apresentam uma pintura. *Sanshin* do sexo feminino são raras, mas são ocasionalmente veneradas, por vezes, descritas similarmente em imagens de mulheres imortais taoistas. Embora haja um *sanshin* específico para cada montanha sagrada, o ancião da montanha é também um arquétipo e pode funcionar como uma só deidade unificada.

O mito coreano é povoado também por espíritos que se tornaram fantasmas após serem injustiçados. Na Coreia, um fantasma, ou espírito que não está em repouso, é conhecido como um *gwishin* (귀신/鬼神), "espírito terrível" ou, literalmente, "espírito fantasma". Um *gwishin* pode ser criado quando uma pessoa morre e não está em paz, ou quando alguém faz algo impróprio a um objeto e esse objeto depois passa a viver como um espírito. Um exemplo do

O *sanshin* vs. o *samshin*

A sonoridade similar de *samshin* (삼신/三神, "três espíritos") difere do *sanshin*. O *samshin* aparece usualmente como um conjunto de três deidades-avós que protegem bebês. Ocasionalmente é descrita também como uma deidade única chamada Samchin Halmeoni ("três espíritos-avós"). Dizia-se muitas vezes que bebês estavam protegidos contra doenças e acidentes até os 3 anos porque Samshin Halmeoni cuidava deles.

O arroz é uma oferta usual ao *samshin*, seja em um pote ou dentro de uma sacola feita com um cinto amarrado com um nó. Embora difiram do *sanshin*, os *samshin* podem influenciar descrições de *sanshin* do sexo feminino. Por exemplo, há um pico de montanha na Coreia chamado "Samshin-bong", em homenagem ao *samshin*.

segundo é a vassoura fantasma, que é criada quando uma vassoura é contaminada pelo sangue menstrual. *Gwishin* não são necessariamente maus, embora possam ser. Em vez disso, são naturalmente infelizes, e desaparecerão se puderem descansar. O mesmo não vale para *magwi/mamul* (마귀 /魔鬼 or 마물 /魔物), que significa "espírito mau" e é usado muitas vezes para se referir a um demônio.

Um *gwishin* conhecido é o ovo fantasma, ou *dalgyal gwishin* (달걀귀신). Normalmente, quando visto por trás, essa figura se parece com uma mulher de tez pálida com cabelos longos, mas tem uma face completamente sem traços que se assemelha a um ovo. Raramente o ovo fantasma atua muito na lenda urbana – geralmente a história inteira conta que um homem está caminhando nas montanhas à noite na escuridão, vê uma mulher chorando e, quando vai confortá-la, ela se vira e ele fica aterrorizado com sua face semelhante a um ovo. Pode surpreender, então, que o ovo fantasma seja considerado uma entidade verdadeiramente aterrorizadora. Sua reputação pode se originar da forma pela qual essa história é geralmente contada, com gestos dramáticos – com a revelação dramática da ausência de face – para crianças pequenas impressionáveis.

Cuidado com a mão vermelha!

Para as crianças em idade escolar, uma das histórias mais conhecidas e aterradoras é aquela sobre a mão vermelha, particularmente por estar muito próxima da experiência cotidiana. É uma história que possui muitas variantes, mas a chave de seu caráter assustador está em sua apresentação. Tipicamente, a história é sobre um menino que vai ao banheiro externo à noite – o que já é uma coisa assustadora para crianças, que tendem a ter medo do escuro. Após o menino se aliviar e se aperceber de que esqueceu de trazer papel higiênico, ouve uma voz que vem de baixo dizendo: "Você gostaria de papel branco ou papel preto?" É claro que o menino fica aterrorizado. Em algumas versões da história o menino é poupado se escolhe o papel certo, e só tem de suportar o horror de uma mão vermelha emergindo de baixo para limpá-lo. Se escolhe a cor de papel errada, a mão o pega e o puxa para o tanque, onde se afoga.

Em algumas versões da história o menino consegue escapar, mas, na noite seguinte, tem de ir ao banheiro externo novamente. Dessa vez leva uma faca consigo, e, quando a mão vermelha surge, ele a decepa e foge. No dia seguinte o menino observa um colega de escola com círculos escuros sob seus olhos segurando seu braço de um modo engraçado. Quando o menino pergunta o que há de errado seu colega se precipita, mostrando um toco ensanguentado, gritando: "Você decepou minha mão!" Nesse momento da história os contadores de histórias saltam na audiência, executando a antiga versão do susto repentino cinematográfico.

No fim do século XX os banheiros das escolas públicas coreanas não possuíam vasos sanitários com descarga, mas cabines de banheiro sobre tanques, o que tornava a possibilidade da mão vermelha mais real. Mesmo na década de 1980, muitas casas, particularmente em cidades pequenas e áreas rurais, tinham banheiros externos que eram esvaziados periodicamente por "caminhões de sucção" que processavam o dejeto para ser usado como fertilizante em campos agrícolas. Mas mesmo hoje, com vasos sanitários com descarga, a história perdura. Em tempos atuais, com banheiros públicos unissex, há uma história realisticamente mais assustadora baseada em notícias efetivas: câmeras escondidas em cabines de banheiros que transmitem ao vivo para a internet.

Em algumas variantes da história do monge budista Wonhyo, que dizem ter sido levado a beber de um crânio humano por um *dokkaebi* (도깨비), uma criatura muitas vezes referida como um goblin coreano. *Dokkaebi* são entes de forma humana que têm uma aparência assustadora e poderes sobrenaturais. Em histórias populares são muitas vezes conhecidos por sua desonestidade, assim como por desafiar pessoas que cruzam seu caminho a testes de força, como lutas-livres. Muitas vezes possuem itens mágicos, como um taco que concede desejos quanto o batem no chão, ou um chapéu que os torna invisíveis.

Os *dokkaebi* falam como humanos e são usualmente encontrados em lugares escuros e perigosos, como cavernas ou cabanas abandonadas. A despeito de serem superficialmente assustadores e poderosos, os *dokkaebi* são geralmente descritos como tendo fraquezas facilmente exploráveis, e também são muitas vezes crédulos –

Um boneco *dokkaebi* segurando um taco mágico.

em histórias populares são enganados tanto quanto enganam outros. Histórias de *dokkaebi* são parte da longa tradição folclórica coreana de valorizar a inteligência e a habilidade de enganar pessoas e entidades poderosas. Os *dokkaebi* também não são descritos como maus, a despeito de serem violentos ou malignos, e por vezes concedem benefícios às pessoas.

A *gumiho* (구미호 /九尾狐, literalmente "raposa de nove caudas") é uma raposa-demônio que pode desenvolver até nove caudas, e se alimenta de pessoas e suas almas. Quanto mais almas consome, mais caudas desenvolvem. Raposas-demônios são quase sempre femininas, e se disfarçam como mulheres humanas, muitas vezes a fim de dar um beijo mortal em homens – embora em algumas histórias populares as *gumiho* sejam as reencarnações de mulheres que foram injustiçadas e atacam inocentes numa tentativa de retornar à forma humana. Diz-se que se consomem almas o bastante (ou fígados humanos), tornam-se humanas.

Uma interpretação contemporânea de uma *gumiho* de *Lendas da cidade natal*, uma série de dramas de horror que foi ao ar no Sistema de Radiodifusão Coreano em 2008.

Em algumas histórias, as raposas-demônios podem se metamorfosear quando querem; em outras, necessitam antes tirar algo de uma mulher. Em uma história popular sobre um vendedor de sal que se defronta com uma *gumiho*, a raposa porta um crânio humano em sua cabeça para se metamorfosear; em outra história uma *gumiho* usa um vestido roubado para se transformar em uma jovem. Embora demônios em forma de raposa existam no leste da Ásia, um elemento peculiar da versão coreana é sua esfera (*orb*) chamada bola de gude ou conta (yeouguseul, 여우구슬). Essa esfera contém as almas das vítimas da *gumiho* e concede ao demônio seu poder.

Raposas não são os únicos demônios femininos maus do folclore coreano. Uma história popular com temas muito similares envolve um demônio na forma de lince eurasiano que assume a imagem da esposa de um homem à noite. Para as separar, o homem segura fortemente a mão de sua esposa à noite e se recusa a soltá-la até o amanhecer – quando o demônio é forçado a se transformar novamente em um lince.

O DRAGÃO COREANO

Como indicado pelo modo como se desenvolveu ao longo dos capítulos deste livro, o dragão (*yong*, 용/ 龍) é uma das criaturas centrais do mito coreano. Descrições de dragões foram criadas muitas vezes para afastar maus espíritos, aparecendo frequentemente em templos budistas e palácios reais, e dragões podem ser encontrados na península em nomes de lugares, em detalhes arquitetônicos como fontes e telhados, e em grandes obras de arte e literatura. Na era Joseon, o Rei Sejong, que ordenou a criação do alfabeto *hangul*, também ordenou a *Yongbieocheonga* (용비어천가/ 龍飛御天歌, "canção dos dragões voadores do céu"), uma obra poética épica que vinculava a fundação mítica da Coreia a uma linhagem de dragões a fim de validar a autoridade da nação.

O dragão coreano partilha muitos traços com o dragão desenvolvido na mitologia chinesa, e o mito coreano enfatiza o poder espiritual do dragão. É uma quimera, e os animais cujos traços compartilha são associados no folclore a longevidade, sabedoria e poder:

ele tem a cabeça de um camelo, o corpo de uma cobra (ou por vezes o corpo de um iguana), as garras de uma águia e os bigodes de uma carpa. O dragão também é o epítome do yang, ou energia masculina. O elemento do dragão é a madeira, mas "madeira" e "vento" são o mesmo elemento na tradição taoista, e é o vento que o dragão incorpora. Está associado também à cor azul/verde, como o jade, e com a água. Na mitologia coreana o dragão-rei vive em um palácio debaixo d'água, e se considera que cada superfície aquática importante abriga um dragão ou seu dragão-rei. O fogo do dragão pode queimar sobre e na água, mas se diz que é extinto por fogo normal, e quando dragões lutam, um trovão resulta, associando-os, portanto, ao relâmpago. Ao buscarem por locais auspiciosos para construção, geomantes coreanos descreviam a energia que corria ao longo da paisagem como dragões. Na arte coreana, dragões são muitas vezes cercados e obscurecidos por nuvens, enfatizando o fato de que sempre existem parcialmente no plano sobrenatural e não apenas em nosso mundo mundano.

O dragão pode voar sem asas devido à protuberância em sua cabeça, chamada *cheokmok* em coreano (척목/尺木), e é muitas vezes retratado com uma pérola que contém o grande yang (um pouco como uma versão positiva da esfera da raposa *gumiho*). Os dragões também têm nove vezes nove escamas, porque nove é o número associado ao yang, mas trinta e seis dessas escamas são escamas "más" invertidas associadas ao yin, indicando que dragões nem sempre são benevolentes. Na mitologia coreana, contudo, estão quase sempre presentes como benevolentes, embora tendam a ser figuras periféricas nas histórias e lendas populares em vez de personagens principais.

No folclore coreano diz-se que, quando um animal vive tempo o bastante, completa um certo processo ou ganha sabedoria o bastante, ganhará os traços de um dragão, como escamas ou a aparência de um dragão. Essas quimeras são conhecidas como animais-dragões e muitas vezes aparecem em ilustrações coreanas. Talvez, devido à sua natureza réptil e por serem associados a sabedoria, vida longa

Um vaso de celadon com a forma de uma tartaruga-dragão.

e criação do *I Ching* (Fuxi, a deidade taoista e criador mítico do *I Ching*, é metade serpente), o animal-dragão mais comumente visto é a tartaruga-dragão.

Outro exemplo comum de um animal-dragão é o que se originou no budismo chan chinês e chegou à Coreia: o peixe de madeira, um instrumento usado nos templos budistas. É um bloco de madeira na forma de um peixe com traços de dragão que pode ser percutido com um macete para manter o ritmo durante os cantos. No budismo da terra pura é percutido quando se canta o nome do Buda Amida. O peixe de madeira foi adaptado de duas formas na Coreia. A original, uma versão pequena que caberia na palma da mão, é chamada um *moktak* (목탁/木鐸); uma versão grande, que se parece mais estreitamente com um dragão, é usualmente suspensa do teto e é chamada um *mogeo* (목어/ 木魚). O *mogeo* é usualmente percutido com dois gravetos em vez de um único macete. Considera-se que os peixes de madeira não necessitam dormir, e isso se enquadra em uma de suas funções, na qual são usados para chamar a atenção dos monges.

Evolução de um dragão

Histórias populares que trazem dragões como tema principal muitas vezes estão centradas em torno do desejo de outras criaturas de se transformar neles, usualmente passando por um processo para provar seu valor. Em uma dessas histórias, um jovem estudioso ingênuo é manipulado por um javali e por uma cobra que estão presos em uma competição por mil anos pela qual se tornarão um dragão. A bondade do estudioso para com a cobra lhe permite ascender, e ela abençoa sua família e ele. Em uma história similar, um centípede e uma cobra estão presos no mesmo tipo de competição, mas é o centípede que recebe generosidade e ascende para abençoar o estudioso. (Essa última história que apresenta um centípede benevolente é rara. Normalmente, na mitologia do leste da Ásia, centípedes são maliciosos, e representados como inimigos e contrapartidas más de um dragão. A história coreana do centípede e da cobra pode ser uma variação da história do javali e da cobra que foi influenciada pela cristianização, significando que a cobra foi demonizada.)
Os peixes, especialmente, a carpa, são particularmente ligados a dragões, e interessados em se transformar neles. Uma história popular coreana envolve uma sardinha que sonha com um dragão (um sonho auspicioso e profético). A sardinha pede a um solha invejoso que interprete seu sonho, e ele intencionalmente faz uma interpretação negativa. Quando a sardinha se dá conta de que foi enganada, esbofeteia o solha, razão pela qual dizem que seus olhos se encontram de cada lado do corpo.

Outras criaturas de composição mítica incluem a *haetae*, um animal de quatro patas que se parece com um leão com juba, mas com escamas e chifres de dragão. Diz-se que incorpora a justiça e julga se as pessoas são boas ou más. Diz-se também que protege contra incêndios. Os *haetae* são muito semelhantes aos cães fu míticos da China ou aos leões da neve do Tibete, e, como esses, os *hatae* são muitas vezes retratados em pares, em estátuas que flanqueiam as entradas de templos e outros prédios importantes, como guardiões.

Também emprestam seu nome à marca mais antiga de sorvete na Coreia do Sul.

Um *mogeo* no Templo Buseoksa.

O *girin* (기린/麒麟) é uma criatura mítica com o corpo e a cabeça de um cervo ou cavalo, com chifres, escamas em suas costas e a cauda de um boi. O termo "*girin*" é também a palavra coreana moderna para uma girafa, porque o *girin* era originalmente uma criatura na mitologia chinesa que foi fundida à girafa durante a Dinastia Ming. *Girin* são associados a fogo, cura e realeza, e na mitologia coreana eram venerados do mesmo modo que as fênix. *Girin* muitas vezes são retratados em distintivos de hierarquia e em insígnias reais, e se diz que o Rei Chumo de Goguryeo portava um.

A fênix tende a ser associada aos reis e imperadores, e era muitas vezes correlacionada e comparada ao dragão. Como o *girin*, é um símbolo de eternidade e renascimento, aparecendo muitas vezes em arte funerária, e parece ter vindo da China: a *fènghuáng* (*bonghwang* [봉황] em coreano). Na mitologia chinesa, a fênix é uma quimera de vários pássaros diferentes; espécies coloridas de faisões são especial-

Estátua de *haetae* fora do portão do palácio real de Seul.

mente associadas a ela. Na Coreia, essa criatura e suas muitas cores de arco-íris passaram a ser associadas ao pavão e ao budismo. Na mitologia budista, considera-se por vezes que os "olhos" na cauda do pavão representam as estrelas no céu, ou os olhos observadores e sempre presentes do Buda, e se diz por vezes que a fêmea do pavão é a avó do Buda.

O TIGRE

Embora o tigre siberiano, ou Amur, que costumava vagar pela Coreia há muito tenha sido extirpado da península (apenas raramente visita as montanhas da Coreia do Norte), permanece o animal nacional da Coreia e detém um grande valor simbólico. Em ambas as ocasiões quando a Coreia do Sul sediou os Jogos Olímpicos (os

Um incensário de celadon com um *girin* em sua tampa, provavelmente usado em rituais oficiais palacianos durante a Dinastia Goryeo.

Um grampo de cabelos dourado na forma de uma fênix, da Dinastia Goryeo.

Jogos de Verão em 1988 e os Jogos de Inverno em 2018), um tigre foi a mascote. Tigres aparecem nos mitos antigos da Coreia (como a história de Dangun), e passaram a representar poder, sabedoria e superioridade. Pinturas de tigres foram usadas para afastar maus espíritos, e contadores de história coreanos muitas vezes começavam histórias com a linha de abertura: "Nos dias em que tigres fumavam cachimbos de tabaco..."

Contudo, a despeito de representarem traços como poder e sabedoria – por exemplo, ao serem incluídos nas descrições de *sanshin*, o ancião das montanhas – os tigres em muitas histórias populares são figuras crédulas que são enganadas por uma figura mais fraca. Um exemplo disso é "O julgamento do coelho". Nessa história, um tigre que está preso em um buraco grita por ajuda e um homem o salva, mas somente sob a condição de que não será comido quando o tigre for libertado. Quando o tigre tenta comê-lo, o homem lhe implora para que peça a vários outros espíritos para determinar se isso seria justo – um pinheiro, um boi e um coelho. O pinheiro e o boi dizem que o tigre deveria comer o homem, porque humanos os exploram, mas o coelho diz que não pode julgar a situação até ver como o desacordo começou, enganando o tigre e fazendo com que retorne ao buraco. O coelho conclui então que não teria havido desacordo se o homem não tivesse libertado o tigre, e que "ninguém, nem mesmo um homem, deveria ser punido pela bondade".

Outra história popular conhecida sobre um tigre predatório que terminou sendo enganado é "O tigre e o caqui". Nessa história, um tigre desce das montanhas e ouve um bebê chorando. Ele olha na janela de uma casa e vê a mãe do bebê tentando fazê-lo parar de chorar nomeando animais assustadores, alertando-o para o fato de que o barulho atrairia predadores – "Olhe, uma raposa! Olhe, um urso! Olhe! O grande tigre da montanha está aqui, bem ao lado da janela!" –, mas isso não fez com que o bebê parasse de chorar. O tigre pensou por um momento em quão destemida a criança era, mas resolve comê-lo assim mesmo. Só então a mãe diz: "Olhe, um caqui seco!", e o bebê abruptamente para de chorar. O tigre assume que um

O animal nacional da Coreia

A decisão de tornar o tigre o animal nacional da Coreia não foi unânime. O dragão era considerado muito fortemente associado à China para ser um concorrente ao papel, mas muitos coreanos preferiam o coelho, com o argumento de que a península tem a forma de um coelho olhando para o Oeste. O contra-argumento é que a península tem a forma de um tigre, com a extensão nordeste representando a cauda. Mas uma das histórias mais populares sobre um tigre, "O julgamento do coelho", é sobre um tigre enganado por um coelho. Embora o tigre, como um símbolo de autoridade e poder, tenha sido escolhido, o coelho permanece uma figura esperta e talvez represente melhor as pessoas comuns da Coreia.

Nem todos os tigres das histórias populares coreanas são enganadores e crédulos; são capazes também de gratidão e honra. Em uma história, após um homem ajudar um tigre que tinha uma cobra enrolada em sua cintura, o tigre o salva de uma cobra diferente em retribuição, e traz ao homem um pequeno cão de presente. O homem cria o cão, que tem filhotes. Um dia, os cães estão todos latindo e o homem sente isso como mau agouro, mudando-se para uma casa diferente. Mais tarde, volta para sua antiga casa e a vê cheia de cobras que haviam voltado para se vingar dele – o cão lhe foi presenteado pelo tigre para o alertar. Em outra história popular, um monge salva um tigre com um osso preso em sua garganta, e o tigre lhe traz a filha do prefeito. Quando o monge a acompanha até a casa de seu pai, ele decide que sua filha e o monge devem se casar (embora o monge e a mulher – que se torna monja – terminem vivendo mais como irmão e irmã do que como esposo e esposa).

Pintura de um tigre da era Joseon, de Seok San.

caqui deve ser o monstro mais assustador de todos, e foge (embora os ouvintes saibam que um caqui seco é uma guloseima doce).

Dizem que a derrota do tigre levou à criação do sol e da lua em outra famosa história popular. Nessa história, um tigre mata uma idosa que está cuidando de duas crianças, uma menina e um menino. O tigre então tenta matá-los e comê-los também, mas com astúcia eles conseguem escapar para o céu enquanto ele cai e morre. (O menino se tornou o sol e a menina se tornou a lua; mas, por modéstia, ela não apreciava o olhar de tantas pessoas, de modo que trocaram de papéis para que ela fosse muito brilhante, impedindo que as pessoas olhassem para ela.) Qual foi o apelo de enganar o tigre? Reflete o desejo das pessoas comuns – os humilhados e oprimidos – de resistirem àqueles no poder. Pessoas comuns tinham de confiar na inteligência diante de uma ameaça como um tigre, literal ou figurativo. Ainda na era colonial japonesa (1910-1945), coreanos rurais eram mortos e comidos por tigres andarilhos, embora esses incidentes fossem raros. Em aldeias rurais era comum que alguém que tivesse sido seguido até em casa por um tigre anunciasse em voz alta a chegada de um convidado que chegava à aldeia. Todos sabiam que esse era um código para "um tigre que veio visitar". Desse modo, alguém poderia enviar um cão para que o tigre o comesse enquanto os humanos fugiam para suas casas. Os coreanos sabiam que tigres eram poderosos e ameaçadores, e que os associava a autoridades reais e coloniais, tornando histórias sobre sua derrota ainda mais gratificantes.

O LOBO

Embora haja lobos na parte norte da Península Coreana, eles geralmente não aparecem em histórias populares. Há variantes da história do sol e da lua nas quais é um lobo e não um tigre que tenta comer as crianças. Por vezes, considera-se que eles têm a habilidade de se metamorfosear na forma humana, como a *gumiho*. No entanto, muitas referências a lobos na atual contação de histórias são de fato emprestadas do Ocidente, como "O chapeuzinho vermelho" ou "O menino que gritava 'lobo'".

Na literatura coreana moderna, uma das representações mais proeminentes de lobos aparece no conto de conotação política de Hwang Sun-won (1915-2000), um dos escritores mais renomados que emergiram na era colonial japonesa. "Mesmo lobos" (이리도), publicado em 1950, mas escrito enquanto a Coreia estava sob o governo japonês, é uma história dentro de uma história, relatada pelo narrador enquanto tem reminiscências do tio de seu amigo. O tio descreve um tempo em que estava na Mongólia, e conta uma história que foi narrada a ele e a um hóspede japonês por um dono de hospedaria mongol. É uma história admonitória sobre como três soldados japoneses foram mortos por uma matilha de lobos porque haviam atirado diretamente contra eles. O dono da hospedaria explica como os lobos se assustam se alguém atira para o ar, mas atacam implacavelmente por vingança se sentirem cheiro de sangue. Quando eles ouvem lobos do lado de fora naquela noite, o hóspede japonês bêbado saca a pistola e, gabando-se sobre quão bom atirador é, sai para assustar os lobos, ignorando os avisos repetidos do dono da hospedaria – os avisos, afinal, vêm de um mongol, que ele considera sub-humano. Ele sai para a noite. Tiros são ouvidos, junto a sons de choro e, depois, um grito. O coreano e o mongol saem para ajudá-lo, mas o japonês sumira. Na manhã seguinte, o mongol mostra ao coreano tudo que encontrou do japonês – sua pistola, escalavrada pelas tentativas dos lobos de destruir a coisa responsável pela morte de seu camarada. A história termina com a declaração do coreano, refletindo o título: "*Iri do*", sugerindo que até mesmo os lobos são vingativos, fazendo um paralelo implícito com as atitudes de mongóis e coreanos para com a opressão japonesa.

Em um jogo de palavras característico de sua formação como poeta, Hwang cobriu o título com uma série de leituras potenciais. *Iri do* pode ser lido como "nessa forma", "até esse ponto", e "o modo dos lobos". Não é coincidência também que a primeira sílaba, "i", seja escrita em *hangul* exatamente como o sobrenome Yi – uma alusão à Dinastia Yi, cujo governo os japoneses derrubaram quando tomaram a Coreia em 1910. É duplicada, os símbolos "i" e "ri" representando as duas formas diferentes como o sobrenome seria escrito no sul e no norte da Península Coreana. A história termina sendo descritiva e prescritiva, uma declaração política subversiva sobre resistência unificada, mas cuja retórica poderia plausivelmente ser negada diante de censores japoneses.

Os coreanos comem cães?

Evidências arqueológicas mostram os coreanos comendo cães já na era neolítica (8000-2000 AEC), embora provavelmente também fossem animais de companhia naquela época. Durante os períodos Silla e Goryeo, que juntos vão de 57 AEC a 1392 EC, o consumo de carne canina não era provavelmente uma prática importante, uma vez que aquelas dinastias tinham o budismo como sua religião estatal, o que significa que o consumo de carne em geral era desencorajado. É muito provável que a prática tenha começado a aumentar durante a era Joeson (1392-1897), quando os confucianos eram influenciados pelas crenças chinesas sobre alimentos medicinais.

Considera-se que carne canina aumenta a energia masculina da pessoa (*yang*), e na era modera era comida geralmente na forma de *bosintang* (보신탕/補身湯, literalmente "sopa autonutritiva"). Comer *bosintang* era especialmente popular durante os três dias mais quentes do verão. (Coincidentemente, os dias mais quentes do verão, quando Sirius, a "Estrela do cão", é proeminente no céu, são chamados os "dias do cão" no Ocidente.) Como cultivo do *yang* também contribui para o calor e a virilidade corporais, a carne canina também era comida nos meses de inverno e como um afrodisíaco.

O consumo da carne canina declinou severamente após protestos internacionais apelando para o banimento dos Jogos Olímpicos de Verão de 1988 em Seul. Um relatório do ministro do governo sul-coreano em 2022 descobriu que mais de meio milhão de cães foram consumidos naquele ano, embora 85,5% dos que responderam à pesquisa dissessem não comer carne canina. A Coreia do Sul aprovou uma legislação no começo de 2024 que bane tanto a venda como a distribuição de carne canina, que terá efeito em 2027. O período de três anos de graça é destinado a permitir que os "criadores de cães" encontrem outros meios de subsistência.

COELHOS

Como detalhados em histórias populares como "O julgamento do coelho" e "O fígado do coelho", coelhos são admirados por sua inteligência a despeito de serem pequenos. O coelho passou a representar o povo coreano e a luta da Coreia como uma nação menor cujo controle era disputado por muitas potências mundiais. Coelhos possuem também muitos outros sentidos simbólicos e míticos. Por exemplo, estão muito associados à lua. Acreditava-se, desde a época de Goguryeo e além, que coelhos vivessem na lua e fossem seus espíritos. Os coreanos adotaram o mito chinês da deusa da lua Chang"e (chamado Hanga, em coreano) e seu coelho de estimação – que usa um almofariz para triturar fitoterápicos – e o adaptou em sua mitologia. Em representações coreanas, o coelho aparece sob um loureiro/caneleira, cuja casca tem sido há muito usada para propósitos medicinais. A canção de ninar "Meia-lua" (반달, romanizada como *Bandal*), que toda criança coreana conhece desde a infância, é sobre um coelho velejando ao longo da Via Láctea em um barco meia-lua com uma caneleira no lugar do mastro. Embora o coelho esteja fortemente associado à lua, ele é o animal do zodíaco oriental que caracteriza o Oriente, onde o sol nasce, e representa a aurora, os começos e o início do ano agrícola. O coelho tem sido usado como um símbolo de prosperidade conjugal.

Um bastidor de bordado para fazer almofadas que retrata um coelho da lua.

Uma pintura do funcionário da corte Joseon Cho Tai Eok, retratando coelhos sob a luz da lua, século XVIII.

Dez símbolos de longevidade

Na arte e cultura coreanas há dez temas do mundo natural que representam longevidade. Embora muitos desses já sejam símbolos de vida longa ou imortalidade na China taoista, nas ilustrações coreanas aparecem usualmente juntos, e eram um tema popular para pintores da corte, particularmente na Era Joseon. Os símbolos são: o sol, nuvens, montanhas (ou rochas), água, pinheiros, tartarugas, cervos, grous, pêssegos (i.e., os pêssegos da imortalidade), e uma espécie de cogumelo místico que dizem conceder vida eterna. Os símbolos são baseados na ideia de persistência e retorno cíclico e estão usualmente inter-relacionados. Por exemplo, diz-se que o cervo encontrará os cogumelos, e que as nuvens são muitas vezes pintadas de um modo que se assemelha à forma dos cogumelos. Ocasionalmente, símbolos adicionais como a lua são acrescidos – tipicamente, o sol vermelho surgindo sobre as montanhas será equilibrado por uma lua branca do outro lado da composição.

Uma pintura do século XIX retratando os dez símbolos da longevidade.

PLANTAS MÍSTICAS

A flor nacional da Coreia do Sul é o *Hibiscus syriacus*, também conhecido como rosa de sarom *mugunghwa* (무궁화/無窮花). A etimologia de seu nome em coreano é multifacetada. *Mugung* pode significar "eternidade" ou "infinitude", e *mu* por si é o vazio primordial no taoismo. *Hwa* significa geralmente "flor", mas também pode significar "fogo".

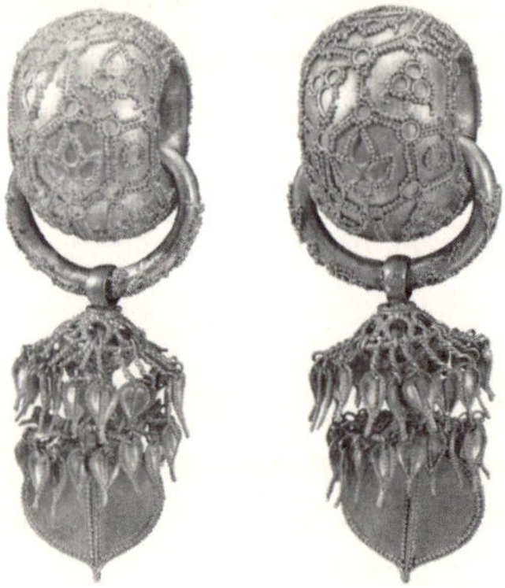

Brincos de folhas de álamo dourados da era Silla.

Em coroas, brincos e outras joias, particularmente da Era Silla, folhas de álamos inspiravam ornamentações de ouro na Coreia. Folhas de álamo eram associadas às danças de xamãs devido ao modo que tiritam e tremem no galho, ecoando aquele tiritar que indica um espírito habitando o xamã durante seus rituais. As folhas douradas do álamo que decoram coroas Silla são tão delicadas que muitas vezes se movem como se estivessem em uma brisa mesmo dentro de estojos de vidro para exposição.

O ginseng coreano é outra planta que tem sido mitologizada na península. Embora o ginseng tenha efetivamente propriedades medicinais, também é considerado uma panaceia capaz de remediar todos os males. Raízes de ginseng que se assemelham à figura humana são considerados particularmente potentes. Caçadores de

Por que coreanos comem cebola

Em tempos antigos, como se dizia, os coreanos eram canibais: pessoas se transformariam espontaneamente em vacas, e então seriam mortas e comidas por outras pessoas. Um homem ficou apavorado com esse destino, e assim partiu para outro lugar. Em suas jornadas encontrou um leproso, que lhe disse que se comesse cebolas permaneceria da forma humana. O homem decidiu voltar, mas, em seu caminho, transformou-se em uma vaca e foi capturado por seus amigos, que planejavam comê-lo. Felizmente, uma menina estava passando com cebolas, e a vaca as comeu e voltou à forma humana. Seus amigos ficaram surpresos e chocados: quase o comeram! Eles, também, comeram cebolas para permaneceram da forma humana, e é por isso que, desde então, os coreanos comem cebolas.

Por que os coreanos comem pimentas vermelhas

Antes da Guerra Imjin, a invasão Hideyoshi da Coreia no fim do século XVI, os japoneses foram inteligentes em plantar pimentas vermelhas ao longo da península. Eles desprezavam os coreanos como "comedores de alho". Há até mesmo um ditado japonês que diz: "Derrube um coreano e quando se levantar terá cinco plantas comestíveis em suas mãos". Eles estavam esperando que os coreanos comessem as pimentas vermelhas e morressem, facilitando sua invasão. Mas cometeram um equívoco terrível – os coreanos amaram a pimenta vermelha. Usaram-na para temperar tudo, tornando-a um dos alimentos básicos da Coreia.

Uma mulher secando pimentas diante de uma casa de estilo coreano tradicional.

ginseng, *simmani* (심마니), que procuram ginseng selvagem, não cultivado – considerado muito mais potente do que o cultivado –, passam por rituais de purificação e outros sacrifícios para serem capazes de ver o "espírito" do ginseng. Mesmo em tempos relativamente recentes, um espécime antropomórfico de ginseng selvagem pode valer uma fortuna.

Uma pintura xamã do espírito da Avó Sancheon segurando ginseng.

4

TEMAS CENTRAIS DO FOLCLORE E LENDAS

A Coreia possui uma rica tradição oral de contação de histórias. Mesmo que o rádio, e depois o cinema e a televisão, e, finalmente, a internet tenham substituído formas antigas de contação de histórias, a imagem de um avô ou avó sentados no chão, fumando um cachimbo e contando lendas locais ainda permanece na consciência popular. O equivalente coreano de "era uma vez" é "antigamente, quando os tigres fumavam cachimbos de tabaco". Uma história popular, "Os espíritos da história", fornece uma lição admonitória para a origem da tradição de contação de histórias: se você acumula histórias, mas não as liberta compartilhando-as, podem terminar conspirando para matá-lo! Este capítulo ilustra alguns temas importantes nas histórias populares coreanas – ou seja, inteligência, virtude feminina e sacrifício.

INTELIGÊNCIA

Nas histórias populares coreanas, muitas vezes encontramos o tema de um ente aparentemente comum enganando mesmo a mais elevada das figuras de autoridade. "O fígado do coelho" é um ótimo exemplo. Há muito, o Rei Dragão, que vivia sob o mar do sul, estava muito doente. Seus médicos lhe disseram que a única coisa que curaria sua doença era o fígado de um coelho. Assim, o Rei Dragão reuniu todos os seus conselheiros e perguntou qual deles iria procurar o fígado de um coelho.

A humilde tartaruga se voluntariou. Ela nadou para o mundo da terra, chegando a uma praia arenosa e encontrou um coelho. "Fui enviada pelo Rei Dragão", disse a tartaruga. "Ele convidou você para vir e ser seu convidado no Palácio do Dragão". O coelho aceitou o convite. Sentou-se nas costas da tartaruga e nadaram ao fundo do mar do sul. Ele ficou muito entusiasmado ao ver todas as maravilhas, mas quando chegaram ao palácio e se puseram diante do Rei Dragão, não demorou muito para que o coelho entendesse que havia sido enganado.

"Eu lamento ter de comer seu fígado para restabelecer minha saúde", disse o Rei Dragão. "Presto-lhe meus agradecimentos antes que meus médicos levem você". Inicialmente, o coelho ficou assustado, mas era inteligente. "Vossa Majestade", ele disse, "Seria honrado em ser aquele que vos cura. Mas receio que meu fígado é um órgão muito valioso, e, por isso, mantenho-o escondido em um lugar secreto na floresta. Se você mandar a tartaruga me levar de volta à superfície, retornarei alegremente com meu fígado". O Rei Dragão ficou muito impressionado com a dedicação e honestidade do coelho, e assim

Espectadores fumando cachimbos de cabo longo. Dois deles estão de pé sobre carregadores *jige* e usam um chapéu de estilo moderno.

ordenou que a tartaruga o levasse de volta. Quando chegaram novamente à praia onde a tartaruga o encontrou, o coelho pulou das costas da tartaruga. "Muito obrigado pela carona", ele disse. "Você pensou que eu ia realmente deixar seu Rei Dragão estúpido me abrir e tirar meu fígado?" E o coelho inteligente entrou às pressas na floresta.

Nas histórias populares coreanas, enganar os poderosos e ricos não é somente um tema importante no domínio das histórias de animais; é também um tema comum em histórias sobre pessoas, que muitas vezes apresentam explorações da dinâmica de classes. "O escravo inteligente" é uma história assim. Seu protagonista é o escravo de um magistrado rico que repetidamente engana seu mestre em relação a coisas cada vez maiores, de um pote de sopa de feijão na abertura da história (fingindo ter um nariz escorrendo e ter deixado cair ranho nela) a casar com a filha do magistrado (forjando uma nota oficial que diz que deve se casar com ela). Finalmente, leva seu mestre e sua esposa a se matarem por afogamento, convencendo-os de que terminarão no palácio subaquático do Rei Dragão. Embora essa seja fundamentalmente uma história sobre um integrante da classe inferior se vingando de seu mestre, nenhuma classe de pessoas é poupada – o escravo inteligente engana vários comerciantes e um monge pelo caminho.

Um boneco de madeira de um coelho sobre uma tartaruga, feito após a era colonial japonesa.

O Almirante Yi e seus navios-tartarugas

Yi Sun-sin (1545-1598) foi um comandante naval durante a Dinastia Joseon, que estudou a filosofia e a ciência militar confucianas antes de passar no exame militar em 1576. Ele é mais conhecido por suas surpreendentes vitórias contra a marinha japonesa durante a Guerra Imjin de 1592 a 1598. Os coreanos eram muito mal-equipados comparados aos japoneses, e a força de invasão japonesa estava ansiosa por uma vitória rápida, especialmente no mar. Mas Yi era um estrategista naval brilhante, usando a manobrabilidade dos navios coreanos menores e seu conhecimento das ilhas e águas locais para derrotar os japoneses batalha após batalha. Considera-se que tenha sido tão forte que eram necessários dois homens para carregar cada uma das duas espadas que usava em batalhas, mas Yi é conhecido basicamente por sua inteligência.

Uma estátua do Almirante Yi na Praça Gwanghwamun, Seul, próxima à estátua do Rei Sejong.

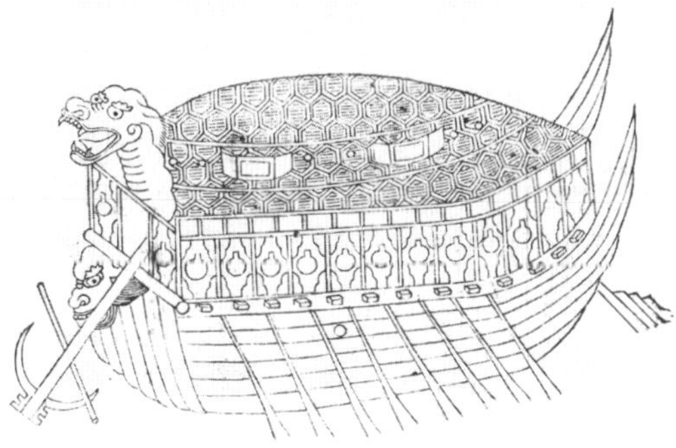

Uma impressão em xilogravura de 1795 retratando um navio-tartaruga do século XVI.

Ele inventou um novo tipo de embarcação de guerra, o altamente manobrável navio-tartaruga, que era pesadamente encouraçado. O casco do navio-tartaruga era coberto de pregos de ferro, e o deque era coberto com um teto feito de placas de ferro, protegendo os marinheiros de flechas e tiros de canhão, e tinha um pequeno buraco no centro para um canhão. O navio-tartaruga também tinha vários canhões montados nas laterais e na frente. Seu desenho assustador que o fazia parecer uma tartaruga-dragão lançando fogo, provocava medo nos corações dos marinheiros japoneses supersticiosos e desmoralizados, particularmente, quando era usado para atacar os cascos de madeira dos navios japoneses e lançar fogo em sua direção através de suas mandíbulas. As vitórias navais de Yi se tornaram lendárias: na Batalha de Myeongnyang em 1597, a pequena frota de treze navios de Yi derrotou uma frota japonesa dez vezes maior. Na Batalha de Noryang em 1598, aliado ao almirante chinês Ming, Chen Lin, a frota combinada de 150 navios de Yi derrotou a frota japonesa de 500.

Yi Sun-sin é um dos maiores heróis da Coreia e é considerado também um dos grandes comandantes navais da história. Sua estátua de 17 metros de altura, com um pequeno navio-tartaruga sob ela, está voltada para a Praça Gwanghwamun.

Contudo, a inteligência não se destina a enganar a autoridade no folclore coreano. A inteligência era (e é) altamente valorizada na sociedade coreana, epitomada na cultura do concurso para o serviço público, que levou a muitas histórias que valorizavam o pensamento rápido de estudantes confucianos. Uma dessas, "O estudante inteligente", é uma história popular sobre o aluno mais inteligente de um professor levando uma viúva a se tornar a esposa do professor e convencendo a aldeia inteira de que os dois já haviam tido um caso. Essa história também trata da visita à China que estudiosos confucianos deveriam fazer durante suas carreiras. Outra história popular, "O mastro de areia", conta como o primeiro-ministro do rei coreano, Hwang Hui, enganou o imperador chinês. Quando o imperador envia uma carta ao rei pedindo para que envie um navio com toda a água do Rio Han para a China, Hwang Hui diz ao rei para responder que ficaria feliz em fazê-lo, mas que o navio usado para transportar a água necessitaria ter um mastro de areia. Portanto, o imperador teria primeiro que enviar à Coeria um mastro de cerca de 92 metros feito com a areia dos desertos do norte da China.

Uma das melhores ilustrações da importante virtude confuciana da alfabetização é a história do mestre calígrafo Han Ho (한호/韓濩; 1543-1605), melhor conhecido por seu pseudônimo Seok-bong (석봉/石峯, "pico de pedra"). Sua família era tão pobre que não podia comprar papel de arroz para que pudesse praticar sua caligrafia, levando-o a escrever com água em uma ponte de pedra ou nas tampas dos vasos de cerâmica em casa. No calor do verão as palavras evaporavam, e então ele as rescrevia.

No fim, sua mãe viúva, que vendia bolinhos de arroz para sustentá-lo, fez com que saísse de casa e fosse às montanhas para estudar caligrafia por dez anos. Mas ele sentiu tanta saudade de sua mãe que retornou após três anos, gabando-se de que havia aprendido tudo que havia para aprender sobre caligrafia. Na noite de seu retorno sua mãe o testou, apagando a lâmpada. "Aposto que posso fatiar bolinhos de arroz no escuro", ela lhe disse. "Vamos ver quão bem você aprendeu sua caligrafia". No escuro, Seok-bong podia ouvir as pancadas regulares na tábua de cortar enquanto sua mãe fatiava os longos bolinhos de arroz brancos em pequenos discos ovais. Quando reacendeu a lâmpada, ele viu que os bolinhos de arroz de sua mãe estavam nitidamente fatiados, mas sua caligrafia estava uma confusão desigual. Sua mãe o xingou e o enviou de volta para a montanha para terminar seus sete anos remanescentes de estudo, e ele prosseguiu para se tornar um dos melhores calígrafos da Era Joseon.

Um exemplo dos Oito Princípios de *Yong* (永), um método para praticar os diferentes tipos traços caligráficos, que estão presentes nesse único caractere.

VIRTUDE FEMININA

Como aludido ao longo deste livro, a virtude feminina é um tema predominante das histórias populares coreanas. Nas histórias de mulheres virtuosas exploradas nesta seção, elas experienciam imenso sofrimento e exploração enquanto exibem grande força, intelecto e compaixão. Elas navegam um mundo no qual se espera que deem tudo para suas famílias e sirvam aos homens em suas vidas (de pais, a esposos e filhos), e ainda permaneçam poderosas nesse percurso. Um grande exemplo é a famosa história de Shimcheong.

Certa vez, havia um estudioso cego chamado Shim Hakkyu. Por muito tempo, ele e sua esposa, Kwakssi, não tiveram filhos. Somente após uma prece muito dedicada, Kwakssi deu à luz uma bela menina, Shimcheong, mas, infelizmente, isso foi muito difícil para o corpo de Kwakssi devido à sua idade avançada e ela faleceu. Shim Hakkyu fez o que pôde para criar sua filha sozinho, mas juntos experienciaram muitas dificuldades. Shimccheong era uma filha muito obediente e virtuosa, e, desde que começou a falar, foi para a rua esmolar com seu pai.

Um dia, quando o ancião Shim estava fora esmolando, caiu em uma vala de irrigação. Enquanto lutava na água, tentando subir e falhando, amaldiçoando sua limitação, ouviu uma voz acima dele. "Ancião", diz, "ouvi você lamentando sua cegueira. Se você levar trezentos sacos de arroz para meu templo como um tributo ao Senhor Buda, vamos oferecer-lhe nossas preces para recuperar sua visão". Mãos do próprio céu pareceram descer e puxar Shim para cima e o tirar da água. Ele ficou tão agradecido que gritou: "Obrigado, monge gentil! Eu lhe darei aqueles trezentos sacos de arroz! Eu juro!" Somente mais tarde, quando a elação evanesceu, ele se apercebeu de que não tinha meios para dar ao templo sequer três potes de arroz – quem dirá trezentos sacos. Naquela noite contou à sua filha que havia ficado tão absorto em ter sido tratado gentilmente pela primeira vez que se deixou levar, e agora estava preocupado com que destino terrível cairia sobre eles se ofendesse o Buda. Quando Shimcheong deitou sobre seu fino colchão, tentou pensar em um modo de obter o arroz, mas nada conseguiu. Em seus sonhos, sua mãe lhe disse: "Vá ao cais. Lá você encontrará um comerciante procurando por uma jovem donzela. Vá com ele e ele lhe dará os trezentos sacos de arroz".

Ocorre que o Rei Dragão do mar do leste estava incomodado com a frota mercantil, e havia enviado tempestades para afundar seus navios. Para apaziguar o Rei Dragão, o capitão concordou em sacrificar uma jovem donzela, mas nenhuma família estava disposta a vender sua filha. Assim, quando Shimcheong apareceu e se ofereceu em troca do tributo para seu pai, ele ficou feliz em aceitar. Os trezentos sacos de arroz foram dados ao templo, mas o ancião Shim não recuperou imediatamente sua visão. Os monges disseram que não retornaria da noite para o dia. Agora, ele havia perdido sua visão, sua esposa e sua única filha.

O clima ficou tempestuoso; o mar parecia ferver, relâmpagos clareavam o céu e os remos e correntes dos barcos quebraram nas ondas violentas. O capitão enviou Shimcheong para o deque vestida com roupa de casamento. Embora Shimcheong dissesse que pularia nas ondas voluntariamente, os marinheiros não acreditaram nela, e amarraram suas mães e pés. Quando fez uma prece silenciosa e pulou no mar, todos choraram diante da cena de sua devoção filial e bravura.

Shimcheong desceu, e o oceano foi repentinamente tomado de uma luz brilhante. Ela descobriu que podia respirar. Olhou maravilhada enquanto os servos do Rei Dragão a desatavam e a acompanhavam ao palácio subaquático. Ela viveu feliz lá, e diziam que o espírito de sua mãe também vivia lá. Mas, no fim, ansiou por ver seu pai novamente, e ficou profundamente infeliz. Quando o Rei Dragão percebeu, disse-lhe: "Não posso mais ver sua infelicidade, Shimcheong. Vi que sua devoção filial e sua dedicação altruísta são muito maiores do que a de qualquer mortal que conheci. Toca meu coração ver sua preocupação por seu pobre pai, assim, como recompensa por sua devoção, enviarei você de volta ao mundo superior". Com isso, ele a transformou em uma flor de lótus gigante.

Esse botão de lótus branco gigante foi encontrado flutuando na boca de um rio junto à costa, e um pescador local ficou tão impressionado com sua beleza que o presenteou ao rei. Esse havia enviuvado recentemente e estava enlutado, e se esperava que o presente animasse seu espírito. Os olhos do rei brilharam quando segurou pela primeira vez a flor gigante. Ele recompensou muito bem o pescador e mandou que o lótus fosse colocado em seu quarto especial, onde ficava por horas a cada dia em um humor melancólico, admirando sua beleza. E, toda noite, Shimcheong emergia da flor, e então voltava ao amanhecer. Em uma noite enluarada o rei estava inquieto, e caminhou até o quarto do lótus. Entrou para contemplar a flor, mas o que viu foi ainda mais belo – uma mulher cuja beleza o deixou sem respiração. "Quem é você?", perguntou. "É um fantasma ou é real?"

"Sou apenas eu", disse Shimcheong. "Eu, que vivo na flor gigante". Ela tentou se esconder por modéstia, mas quando se voltou percebeu que o lótus desaparecera. Ela se tornou a noiva do rei, e houve um casamento suntuoso. Eles passavam seus dias juntos muito felizes. Mas, um dia, o rei viu Shimcheong chorando no jardim. "Minha querida esposa", ele disse, "Não posso ver suas lágrimas. Conte-me seu desejo – qualquer que seja – que lhe será concedido".

"Há somente uma coisa que desejo", respondeu. "Ordene um grande banquete público em honra ao nosso casamento, e permita que todos os homens cegos do reino participem dele. Isso alegrará meu coração."

O rei honrou seu estranho pedido, e por três dias homens cegos de todos os cantos do reino vieram comer e beber. A rainha observava através de uma cortina de seda, mas ainda não vira seu pai.

No último dia, quando os portões estavam fechando e ela estava se afastando tristemente, houve um grande ruído. Os servos estavam afastando um mendigo cego que havia chegado muito tarde. Foi então que a rainha olhou para trás para ver, sob a sujeira e farrapos, que o ancião era seu pai. "Pai!", ela gritou. "Pai! É meu querido pai! Deixem-no entrar!" O ancião Shim entrou cambaleante, quase perdendo seu equilíbrio pelo choque de ouvir a voz de sua filha. "Shimcheong! É um fantasma, ou os mortos retornam à vida? Minha filha! É sua voz que ouço? Deixe-me olhar para você, menina!" Exatamente como fizera anteriormente, em seu entusiasmo, esqueceu suas circunstâncias. Esquecendo-se de sua cegueira, escancarou seus olhos e descobriu que podia ver. Diante dele estava sua filha, mais bela do que jamais pudera imaginar. Shim Hakkyu chorou de alegria e a abraçou, e ela, também, chorou de felicidade. Em breve, houve uma comoção feliz no palácio, e dizem que todo homem cego que olhou para Shimcheong, a filha filial, recuperou sua visão naquele dia.

A história de Shimcheong tem muito em comum com a história da Princesa Bari, apresentando as muitas dificuldades experienciadas por uma filha virtuosa em prol da cura de seu pai, incluindo se jogar no oceano e se casar com figuras masculinas poderosas em suas buscas. As duas histórias provêm provavelmente da mesma fonte. A história de Shimcheong também é particularmente poderosa para sua audiência coreana porque possui elementos que apelam para cada tradição religiosa proeminente coreana. Shimcheong se equipara a Bari, a origem mítica da xamã coreana, e está disposta a abrir mão de tudo por seu pai, apelando aos ideais confucianos. O Rei Dragão, uma figura taoista, é retratado com simpatia. Embora a história possa, primeiramente, ser lida como uma crítica ao budismo, no fim a promessa do monge se concretiza, e se poderia considerar que a história representa o carma. Shimcheong demonstra a bravura, o poder e a virtude das mulheres, embora também venere o patriarca e o monarca, de modo que a história pode apelar às pessoas de todas as classes.

Outra história coreana de fantasmas famosa no gênero das mulheres injustiçadas que destaca os valores confucianos é a história de Arang. Como Shimcheong e a Princesa Bari, Arang perdeu sua mãe quando jovem. Infelizmente, não foi criada por seu pai, o magistrado de Miryang, mas por uma babá que a odiava. Um dia, sua babá conspirou com um servo – admirador secreto de Arang – e combinou com ele um encontro secreto à noite durante o qual acreditava que Arang corresponderia a seus avanços. Quando ela resistiu, ele a estuprou, esfaqueou-a até à morte e enterrou seu corpo na floresta. Seu pai ficou muito chateado com seu desaparecimento, mas pensou que simplesmente havia fugido com um estranho.

Toda vez que um novo magistrado era escolhido, o fantasma de Arang vinha a ele e implorava por ajuda e justiça, mas cada um era aterrorizado e fugia dela (em algumas versões da história cada magistrado morre de medo). Finalmente, um magistrado chamado Yi Sang-sa foi indicado, e não tinha medo de fantasmas. Quando Arang lhe implorou por ajuda, prometeu vingá-la. Ele mandou todos se reunirem no pátio, e Arang se transformou em uma borboleta amarela e pousou sobre o homem que a matou. Quando Yi Sant-sa o executou, o espírito de Arang desapareceu, finalmente, em paz.

Como muitas lendas antigas contadas por gerações, a história de Arang é ricamente recoberta de significado. O nome dado ao novo magistrado, Sang-sa, é escrito 상사 em *hangul*, mas, em *hanja*, há vários homófonos que ilustram a convergência de temas na história. O nome de Sang-sa é usualmente escrito 上舍, que pode significar "uma pessoa viva" ou alguém que passou no concurso para o serviço público. Ele é, certamente, ambos. Passou no concurso para o serviço público e é o único magistrado *vivo* após a aparição do fantasma de Arang. Seu nome também soa como 上司, "um superior" ou "um funcionário governamental de alto escalão" – algo que se tornará quando promovido após resolver o mistério. Mas sangsa também pode ser escrito 上寺, significando uma mulher que se encontra em um templo budista, ou um bodisatva (uma figura que responde ao sofrimento de outros). Pode ser escrito 上祀, significando o maior rito ancestral da nação, e, finalmente, 喪死, uma "morte pesarosa". A história de Arang privilegia, assim, o confucionismo, não só ao apresentar um modelo confuciano como o herói, mas também por revelar sua sofisticação linguística e simbólica àqueles formados na cultura confuciana.

Outro modo de comunicar as qualidades que uma cultura considera "ideal" é contrastar uma mulher virtuosa com uma mulher cruel. Uma história popular assim é a história de Kongjwi em Patjwi, por vezes chamada a "cinderela coreana" no Ocidente. Kongjwi é uma menina pobre que é tratada como uma escrava por sua

O sapo verde

Muitas histórias populares coreanas envolvem os sacrifícios das mães, e a devoção filial devida a elas. Dentre essas, a mais famosa é a história de um pequeno sapo verde que sempre faz o exato oposto do que sua mãe lhe diz. Quando, com mais idade, ela sente que morrerá em breve, apercebe-se de que se quer que seu filho a enterre apropriadamente na montanha, deve usar psicologia reversa. Em vez disso, ela o faz prometer que a enterrará à beira de um rio. Mas, quando morre, seu filho se arrepende de nunca a ter ouvido enquanto estava viva, e, finalmente, faz o que ela lhe disse. Assim, dizem que, sempre que há uma chuva pesada, o sapo verde teme que o túmulo de sua mãe seja levado, e é por isso que sapos choram quando chove.

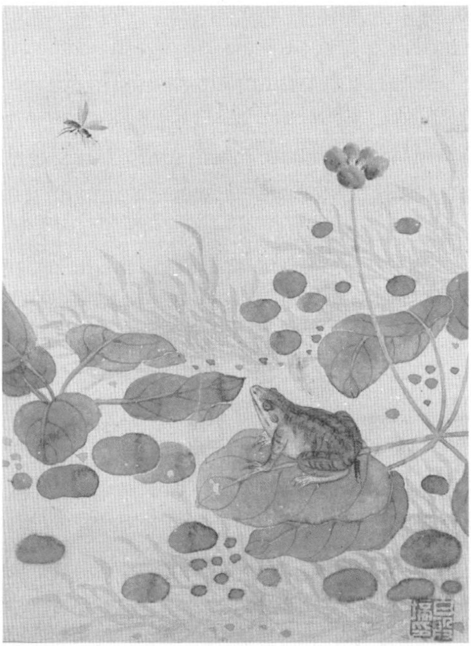

Pintura de um sapo, de um álbum de arte do artista da era Joseon, Baek Eun-bae.

madrasta e por sua meia-irmã, Patjwi. Com o auxílio de espíritos – incluindo o espírito de sua mãe morta sob a forma de uma vaca, em versões antigas da história – ela termina conquistando o coração de um magistrado, e vive no luxo como sua esposa por um tempo. Mas sua meia-irmã fica com inveja, e um dia finge ter mudado. Quando Kongjwi a perdoa, Patjwi a convence a nadar com ela em um lago de lótus, e então a afoga. Patjwi se disfarça como ela e vive sua vida por um tempo. Mas não tarda muito para o espírito de Kongjwi retornar, sob a forma de um lótus que psicologicamente atormenta sua irmã, torna-se a nova obsessão do magistrado e parece olhar para Patjwi. Simultaneamente, Kongjwi também assume a forma de contas que são levadas para casa por uma anciã que era amiga de Kongjwi. A anciã e o espírito de Kongjwi terminam trabalhando juntos para expor Patjwi. O magistrado fica furioso quando descobre que foi enganado, e ordena que Patjwi seja espancada, despedaçada e, finalmente, que seus restos, colocados em salmoura em um jarro, sejam levados de volta à sua mãe.

Uma das histórias de amor mais famosas da Coreia, *A história de Chunhyang* (춘향전/春香傳), apresenta um vínculo entre mãe e filha e o tema da hipergamia (ascensão social via casamento). Sua autoria original é desconhecida, mas foi adaptada em prosa durante os séculos XVII e XVIII. O epônimo Chunhyang (춘향/春香, normalmente traduzido como "fragrância de primavera", mas contendo também significados mais sugestivos: "luxúria/juventude/fragrância jovial") é a filha de uma *gisaeng* (기생/妓生) – uma cortesã. *Gisaeng* eram mulheres treinadas para serem anfitriãs altamente cultas – como suas contrapartes japonesas, as gueixas –, mas estavam na base inferior da hierarquia social confuciana. A despeito disso, a mãe de Chunhyang consegue se casar com um ministro, o que significa que sua filha Chunhyang não é uma *gisaeng*.

Yi Mong-ryong, filho do magistrado local, apaixona-se imediatamente por Chunhyang quando a vê em um balanço. Inicialmente, Chunhyang não responde às suas tentativas de cortejá-la, mas, quan-

Mudando finais

Grande parte da catalogação inicial do folclore coreano começou durante a era colonial japonesa (1910-1945) como parte de um programa para estudar a cultura coreana, com o objetivo último de erradicá-la fazendo com que os coreanos assimilassem a língua e cultura japonesas. Assim, é uma ironia que, para folcloristas, muitas das primeiras coleções acadêmicas de histórias populares coreanas tenham sido compiladas por antropólogos e sociólogos japoneses. Dado o momento e a política daquela época, é compreensível que o tom geral daquelas histórias coligidas seja pessimista ou fatalista.

Coleções posteriores de histórias populares pós-libertação da Coreia tendem a ter um tom distintamente diferente, e muitas das mesmas histórias têm finais diferentes, mais otimistas (e por vezes até mesmo tradicionalmente "felizes"). Após o "milagre econômico" da década de 1970 até à década de 1990 há um movimento ainda maior na direção do otimismo.

Um exemplo dessa transformação pode ser visto na história de "Kongjwi e Patjwi". Na era colonial a história incluía a segunda metade, na qual a meia-irmã invejosa mata Kongjwi e assume seu lugar junto a seu esposo, mas em anos recentes a história tem um fim tipicamente feliz com o casamento de Kongjwi com o magistrado rico, da mesma forma que os *Contos de fadas dos irmãos Grimm* foram editados em versões modernas para remover material sombrio e perturbador.

do ele pede à sua mãe permissão para se casar com sua filha, ela concede, porque Chunhyang poderia garantir uma vida melhor se casando com alguém de uma classe mais elevada e sendo uma esposa respeitada. Contudo, Yi Mong-ryong não pode se casar até que tenha completado suas provas para o concurso ao serviço público. Enquanto o observava estudando arduamente, apaixona-se por ele. Por um tempo, são felizes juntos, mas quando o pai de Yi Mong-ryong é promovido a uma posição na capital em Hanyang (agora, Seul), Chunghyang não tem permissão para acompanhá-lo devido ao seu *status* inferior. Yi Mong-ryong lhe promete passar em suas provas e ser promovido a uma posição elevada, e depois voltar a ela. Chunhyang lhe dá um anel como sinal de seu amor e fidelidade.

O magistrado que substitui o pai de Mongpryong é cruel, preguiçoso e licencioso. Exige que Chunhyang seja sua *gisaeng* pessoal e durma com ele, e, quando ela se recusa por ser uma mulher casada, manda torturá-la e a joga na prisão. Quando está prestes a morrer, seu amor retorna. Recebeu a maior classificação no concurso para o serviço público e é agora um inspetor real secreto trabalhando disfarçado para expor a corrupção política (uma posição altamente cobiçada). Ele ouve histórias na região sobre a virtuosa Chunhyang e o homem que a abandonou. Disfarçado com trapos como um mendigo, expõe o magistrado corrupto e liberta Chunyang e outros que foram injustamente aprisionados. Enquanto ainda disfarçado e não reconhecido por Chunyang, ele a testa para ver se ainda é fiel a ele pedindo a ela para ser sua *gisaeng*. Quando ela o recusa, ele lhe mostra o anel que ela lhe deu. *A história de Chunhyang* ilustra as virtudes esperadas das mulheres na Coreia, a hipocrisia daqueles que abusam de seu poder e também o desejo das pessoas comuns de ascenderem socialmente.

As histórias populares anteriores nesta seção mostram virtudes valorizadas pela cultura neoconfuciana da Coreia. Contudo, há histórias populares que criticam esses valores e os do patriarcado – uma dessas é contada no *Samguk Sagi*. "Ondal o tolo", uma história pseudo-histórica sobre a origem de um dos príncipes de Goguryeo, é sobre a Princesa Pyeonggang (평강공주/平岡公主). Desde jovem, sempre que se comportava mal, seu pai, o rei de Goguryeo, a fazia chorar dizendo-lhe que terminaria se casando com um aldeão tolo, um rapaz chamado Ondal (온달/溫達). Quando ela chega à idade de casar e seu pai tenta arranjar-lhe um casamento que considera adequado, ela recusa e por isso é exilada. Decide, por despeito, ir à casa de Ondal e convencer sua mãe cega e ele de que deveriam se casar. A princesa usa seu dinheiro para ajudar sua família, e depois ensina seu esposo a cavalgar e ele termina se tornando um grande general e estrategista.

POBREZA E SACRIFÍCIO

O sacrifício não é domínio único de mulheres virtuosas nas histórias populares coreanas. Embora haja muitas histórias e mesmo biografias que apresentam mães empobrecidas tão dedicadas que fazem pudim de seu sangue para alimentar seus filhos que estão estudando para as provas do concurso para o serviço público, suportando sofrimento e sendo recompensadas por ele – mesmo sem o uso de trapaça –, esse é um tema recorrente ilustrado por personagens de todos os gêneros. Os homens que se sacrificam são muitas vezes irmãos mais jovens, como em "O taco do Goblin". Em histórias populares coreanas é muito comum que as pessoas sejam referidas por seu papel ou arquétipo em vez de seu nome. Mesmo na vida diária, as pessoas tendem a ser conhecidas por sua ocupação, relação com outra pessoa, ou uma característica física. Na próxima história os personagens principais são referidos por seus papéis apenas como irmãos mais jovens e com mais idade.

Nomes maus

A prática é menos comum na Coreia urbana contemporânea, mas, tradicionalmente, praticamente cada bairro tinha crianças cujos nomes eram "Porquinho" ou "Cocô de cachorro". Suas mães seriam conhecidas como "mãe do porquinho" ou "mãe do cocô de cachorro". "Porquinho" era um apelido dado por suas qualidades auspiciosas, uma vez que os coreanos acreditam que porcos são um sinal de afluência (e ver um porco em um sonho – ter um "sonho com porco" – é boa sorte). "Cocô de cachorro", por outro lado, que significa a mais inferior das coisas baixas, é um apelido usualmente dado a um menino especialmente atraente, a fim de impedir que os espíritos lhe façam mal por inveja ou ciúme. As crianças geralmente abandonam seus apelidos na adolescência, mas como as mães são tradicionalmente referidas em relação ao seu primeiro filho, por vezes ficam com seus nomes durante a vida.

Certa vez, havia dois irmãos. O irmão com mais idade, rico, era mimado e egoísta, enquanto o mais jovem, pobre, era um lenhador trabalhador e filial. Todo dia ele levantava ao amanhecer para ir às colinas e coletar lenha. Um dia havia trabalhado arduamente e estava descansando sob um carvalho quando uma bolota caiu ao seu lado. "Essa é para meu pai", ele disse, e a pegou. Outra bolota caiu, e outra, e mais outra. Ele as pegou e disse: "Essa é para minha mãe. Essa para meu irmão com mais idade. Essa para sua esposa". Ele pôs as bolotas em seu bolso e pegou seu fardo de lenha para voltar para casa.

A escuridão caiu repentinamente, e, assustado pelos estranhos chamados do cuco, o irmão mais jovem se perdeu. Após muito tempo encontrou uma casa abandonada na floresta. Estava tão cansado que entrou, mas foi afligido por pensamentos ansiosos e não pôde dormir. Estava agitado e se virando quando ouviu vozes grosseiras e uma comoção ruidosa. Rapidamente escondeu-se em um armário.

Foi quando um grupo de goblins entrou no quarto! Cada um deles segurava um grande taco de madeira. Eles se reuniram em um círculo e bateram no assoalho. "Faça ouro! *Ttukk! Ttakk!*", gritaram, e uma pilha de ouro apareceu sobre o assoalho. "Faça prata! *Ttukk! Ttakk!*", entoaram, e uma pilha de prata apareceu.

O irmão mais jovem ficou aterrorizado, com medo de fazer mesmo o menor ruído. Mas mesmo em seu terror, estava com fome, e seu estômago roncou. Instantaneamente, os goblins pararam sua entoação. "Que som foi esse?", um perguntou. Todos olharam a volta. "Trovão", disse outro. "Vamos correr antes que venha a chuva. O telhado goteja nesse barracão velho".

Quando os goblins recomeçaram, o irmão mais jovem percebeu que estaria acabado se seu estômago roncasse de novo. Tinha de comer algo para aquietá-lo. Procurou em seus bolsos e encontrou as bolotas. Tão silenciosamente quanto possível, colocou uma em sua boca e gentilmente a mordeu. Houve estalo alto! Os goblins se espalharam aterrorizados. "Saiam! É a viga do teto!"

O coração do lenhador quase explodiu de medo. Permaneceu no armário toda noite, e somente ao amanhecer saiu e encontrou as pilhas de ouro, prata e joias. Engasgou-se, mas terminou voltando a si. Ele retirou a lenha de seu carregador e, em seu lugar, carregou-o com quanto tesouro podia suportar. Ele percebeu que um goblin também havia deixado para trás um taco mágico. E, assim, também o pegou.

Ele se tornou o homem mais rico na cidade, usou o tesouro para construir uma casa palaciana e convidou seus pais para viverem lá com ele. Sempre que necessitava de dinheiro, apenas usava o taco e dizia as palavras mágicas. Mas seu irmão com mais idade sentiu inveja terrível. Visitou seu irmão mais jovem e lhe perguntou pela história por trás de sua riqueza. O irmão mais jovem rapidamente lhe contou, mas ele não estava realmente ouvindo – ficava apenas imaginando o tesouro e riqueza que poderia obter.

Naquela noite, o irmão com mais idade colocou suas roupas mais velhas, pegou seu carregador, cortou uma carga de lenha tão rápido quanto pôde, e depois se sentou sob um carvalho como descrito. Uma bolota caiu. "Uma bolota para mim", ele disse. Então, outra

Um homem ajusta fardos de palha de arroz em seu carregador *jige*.

caiu, e outra e mais outra. "Outra para mim, outra para eu comer!", ele exclamou. Com os bolsos cheios de bolotas, pegou seu caminho. O céu escureceu, e ele ouviu o choro do cuco. Mas não estava aterrorizado como seu irmão ficou. Pegou seu carregador de lenha e entrou no barraco, e então esperou impacientemente. Pareceu uma eternidade até os goblins chegarem.

Tão logo começaram seu jogo, não pôde esperar mais. Mordeu uma bolota fazendo um som alto.

"Então, o tolo ganancioso voltou!", disse um goblin. "Ele me passou a perna com meu taco mágico da última vez. Vamos ensinar-lhe uma lição!" O goblin escancarou a porta do armário, e o homem caiu. Os goblins bateram nele impiedosamente. "Achatem-no! *Ttukk! Ttakk!*", e, quando o taco o tocou, ele se achatou como um cobertor. "Estiquem-no! *Ttukk! Ttakk!*", e o irmão ficou longo e fino como uma vara de bambu. Naquela noite os goblins se divertiram com ele. Ao amanhecer, finalmente partiram, deixando longo e fino. O irmão com mais idade colocou seu carregador de lenha sobre seus ombros finos e desengonçados e cambaleou de volta para casa.

Para uma cultura na qual as pessoas muitas vezes têm menos do que necessitam para subsistir, histórias de sacrifício e riqueza inesperada servem a funções importantes de reforço do controle social ou atuam como escapismo. Essa história serve a ambos os propósitos. Dada a idealização coreana do confucionismo, pode surpreender ver que um dos personagens centrais da história é um irmão com mais idade mau, mas, então, histórias populares são usualmente contadas por e para pessoas comuns. Assim como muitas histórias populares coreanas criticam a autoridade, também criticam muitos aspectos da ordem social neoconfuciana e como pode resultar em exploração e abusos de poder. A despeito dessa natureza crítica, "O taco do goblin" também ajuda a propagar o sistema – sugere que mesmo que alguém que você deveria venerar é mau e ganancioso, contanto que você retenha suas virtudes confucianas, forças externas terminarão punindo o malfeitor.

5

COREIA DO NORTE: O REINO EREMITA REAL

Em 1948, três anos após a Península Coreana ter sido libertada do domínio colonial japonês e dividida ao longo do Paralelo 38 pela União Soviética e pelos Estados Unidos, a Coreia do Norte se tornou oficialmente a República Popular Democrática da Coreia (a RPDC). Todavia, a RPDC não é democrática, tampouco uma "república popular", e as pessoas se chamam povo "Joseon", referindo-se ao período e à nação sob o governo dos reis da Dinastia Yi. A Coreia do Norte é basicamente construída sobre o mito de sua Dinastia Kim, começando com sua atualização dos antigos mitos de fundação por meio da propaganda e consolidado pelo desenvolvimento da ideologia da *juche* (주체), que enfatiza a autoconfiança e independência. Sob muitos aspectos, a Coreia do Norte permanece o mítico "reino ermitão", e porque as informações que vêm dela são inerentemente não confiáveis, é útil vê-la através de lentes míticas.

Em 2011, King Jong-il morre, e seu filho Kim Jong-un assume o poder. Ele continuou as políticas de seus predecessores, enfatizando força militar e desenvolvimento nuclear. Sua liderança tem sido marcada por uma combinação de tensão internacional, abusos de direitos humanos e um impulso para desenvolvimento econômico por meio de limitadas reformas de mercado.

No fim do século XX as relações da Coreia do Norte com o mundo exterior foram tensas. A busca do país por armas nucleares e mísseis balísticos de longo alcance levaram a tensões com a comunidade internacional, particularmente com os Estados Unidos e seus aliados. A despeito de esforços diplomáticos para restringir as ambições nucleares do país, a Coreia do Norte conduziu seu primeiro teste nuclear bem-sucedido em 2006.

Juche sasang (주체사상/主體思想)

Juche sasang, que se traduz por "ideologia da autoconfiança" ou "pensamento da autoconfiança", é a ideologia estatal oficial da Coreia do Norte, embora seja muitas vezes referida como sua filosofia política. Foi introduzida por Kim Il-sung como um princípio orientador para a governança do país. A ideologia promove a ideia de que uma nação deveria ser autoconfiante em todos os aspectos de seu desenvolvimento, incluindo sua economia, cultura e exército, e manutenção da independência em relação a influências externas, particularmente de grandes potências como os Estados Unidos e a União Soviética (mais tarde, Rússia). Apela a um forte sentimento de identidade nacional, lealdade ao partido e ao líder no governo, e um compromisso inabalável para com a soberania do Estado. A implementação prática da *juche* tem incluído políticas dirigidas à redução da dependência da ajuda estrangeira, desenvolvimento da indústria nacional e da ênfase em tecnologias nativas, mas resultou em isolamento econômico, falta de transparência e uma sociedade rigidamente controlada que limita as liberdades individuais e severamente pune qualquer desacordo.

A *juche* também foi um componente central da propaganda e educação política norte-coreanas, contribuindo para o culto da personalidade em torno do governo da Família Kim. A liderança do país apresentou a *juche* como uma ideologia única e inovadora que separa a Coreia do Norte de outras nações. Contudo, grande parte da comunidade internacional a vê como um meio de legitimar o regime Kim e suas políticas. O termo *juche* está carregado de simbolismo que o conecta a Kim Il-sung. Os dois caracteres chineses que formam a palavra podem ser lidos como "corpo de Deus" ou "corpo divino", sugerindo que Kim tenha escolhido esse termo particular por sua sintonia com a ideia do povo e da nação, formando um corpo divino único com sua integridade própria. Isso se assemelha muito à ideia cristã do povo constituindo a Igreja, que é depois caracterizada como o corpo de Cristo, que é também Deus. No caso da Coreia do Norte, a figura divina, ou "Deus", seria Kim Il-sung. O avô de Kim era um pastor protestante e seu pai, um presbítero, de modo que não surpreende que incorporasse o simbolismo cristão em sua ideologia política. O caractere chinês 主 em *juche* soa exatamente como o *ju* no nome de nascimento de Kim Il-sung, Kim Song-ju. Esse caractere chinês, 柱, é feito a partir de *ju* para "Deus" com o acréscimo do radical madeira 木 à esquerda, fazendo-o significar "pilar", mas sua mnemônica é "senhor de madeira" (como a força que sustenta uma casa). Kim Il-sung usou propositadamente esse homófono para acrescer ainda outra cobertura de conexão entre ele e o corpo do Estado, e não pode ser acidente que o radical madeira 木 exiba uma cruz.

O isolamento rígido e autoimposto da Coreia do Norte torna difícil coletar informações acuradas sobre seus assuntos internos. Ela permanece uma nação enigmática, e atualmente há sinais de uma amplificação de seu afastamento do mundo, mesmo que o uso da mídia global se torne mais sofisticado sob o governo de Kim Jong-un.

KIM IL-SUNG 김일성 金日成

Kim Il-sung (1912-1994), o líder fundador da Coreia do Norte, adotou uma economia de comando centralizado, com fortes vínculos com a União Soviética e com a China comunista, e muito dependente da ajuda de ambas. Ironicamente, durante seu governo, o país buscou a ideologia da *juche*. Kim era retratado de um modo altamente idealizado e mitologizado, conhecido como o "grande líder" e agora como "o líder eterno" e "eterno presidente". O regime norte-coreano criou um culto à personalidade em torno dele, que envolveu a criação de lendas e mitos para ampliar sua imagem como um líder heroico e todo-poderoso.

Desses, o mais conhecido é o que narra seu nascimento. Kim, cujo nome de nascimento era Kim Song-ju (김성주/金成柱), nasceu de fato em 1912, perto de Pyongyang, na aldeia de Chilgol, próxima ao Rio Daedong (onde o navio mercante americano *Gerenar Sherman* havia encalhado em 1866 em sua tentativa desastrosa de abrir o comércio com a Coreia). Mas, de acordo com a narrativa oficial norte-coreana, ele nasceu em uma cabana rústica de madeira no Monte Paektu (Baekdu) – o pico mais elevado da Península Coreana – o lugar de nascimento de Dangun, o fundador mítico da Coreia da Antiguidade. Diz-se que o nascimento de Kim foi anunciado pela aparição milagrosa de uma estrela brilhante, um céu cheio de arco-íris brilhantes e duplos.

Durante o governo colonial japonês, dizem que Kim foi o líder do Exército de Libertação Popular coreano, conhecido por sua bravura e táticas brilhantes na luta e derrota dos japoneses, incluindo um episódio no qual usou *chukjibeop*, sua habilidade para dobrar o espaço, teletransportar-se e os enganar. Era conhecido como o "tigre do Monte Paektu" e, mais tarde, como o "santo celestial enviado que traz toda bênção ao povo". Diz-se que podia cortar uma árvore com um único golpe de sua poderosa espada (uma alusão a Sidarta, o Buda jovem), que cruzava um rio caminhando sobre folhas (uma alusão ao monge budista Bodhidharma, que trouxe o budismo ao Oriente), e que destruiu sozinho um tanque americano ao transformar uma pinha em uma granada de mão.

Diz-se que Kim escreveu centenas de romances, o que é improvável, para dizer o mínimo, mas que era de fato muito interessado no poder dos romances como propaganda e para influenciar os corações das pessoas. Foi amigo de Han Sorya (한설야, 1900-1976), considerado, hoje – mesmo na Coreia do Sul –, um dos escritores mais importantes da história coreana por seu papel como propagandista de Kim, contribuindo enormemente para a construção do culto à sua personalidade. Foi Han que descreveu pela primeira vez Kim como "nosso sol" e como "o sol da nação". Han foi mais tarde eliminado e houve tentativas de erradicar seu legado, mas ele pode ter sido importante na elaboração do famoso discurso *juche* de Kim e foi certamente influente na compreensão de Kim do jogo de palavras e do simbolismo.

Kim adotou o nome "Kim Il-sung" em 1935, que tem sido interpretado como significando "Kim se tornou o sol", mas o jogo de palavras e o simbolismo são muito mais complexos e relevantes para sua mitificação. Como parte de sua política de permanecer linguisticamente "puro", os norte-coreanos geralmente não usam caracteres chineses (seu uso foi oficialmente abolido em 1949), mas como seu nome foi elaborado antes de a nação existir, são conhecidos como KIM 金 IL 日 e SEONG 成. 金 pode ser lido como "ouro" ou "metal"; 日 pode ser lido como "sol", "dia" ou "um" (ou "unificador" ou "único"); e 成 é lido como "suceder", "realizar" ou "se tornar". Seu nome, portanto, tem um amplo espectro de ressonância simbólica, de se tornar o sol dourado (i.e., a estrela do dia), a ser o único que realiza a unificação pelo uso do metal (i.e., o desenvolvimento industrial). O último caractere chinês, *seong*, também soa como 星,, literalmente, "estrela", sugerindo que a estrela da bandeira da Coreia do Norte é uma representação de seu líder.

Supostamente, há um livro proibido na Coreia do Norte que descreve um alerta profético que o pai de Kim, que dizem ter estudado as tradições antigas, deu-lhe. Ele disse a Kim para ter cuidado com

Uma assinatura simbólica?

Há uma peculiaridade no simbolismo do nome de Kim Il-sung, que pode ser visto em sua assinatura. Não está claro se isso foi voluntário ou simplesmente resultou dos caprichos de assinar rapidamente, mas "Kim" em sua assinatura se parece mais com a fração ½ do que o *hangul* para Kim, que ironicamente sugere uma Coreia dividida mesmo que seu objetivo declarado fosse unificar a península.

Talvez, a forma otimista e literária de lê-lo fosse "a unidade das duas metades um dia será realizada". Se o último caractere é tido como o homófono chinês 性, a assinatura poderia significar também "metade de uma essência".

Observe que o sinal para "Kim" (김) apresenta uma semelhança à fração ½, enquanto os sinais para "Il" (일) e "Sung" (성) são bem legíveis.

cobras, e que se alguém um dia bloqueasse seu caminho, não deveria ir naquela direção. Antes de sua morte em 1994, Kim foi ao Monte Myohyang e uma cobra bloqueou a estrada. Seus guarda-costas estavam prestes a matar a cobra quando Kim interveio e simplesmente disse para a cobra ir. A cobra partiu, e com seu séquito Kim continuou naquela estrada, desconsiderando o alerta de seu pai.

Após a morte de Kim Il-sung, a mídia estatal norte-coreana relatou que estranhos fenômenos naturais estavam ocorrendo ao redor do mundo, incluindo auréolas brilhantes em torno do sol e outras ocorrências celestiais, provocadas pela Terra em luto por ele. As enormes multidões chorando a ponto de colapsar foram um espetáculo internacional, e muitos jornalistas duvidaram da autenticidade das emoções dessas multidões. É importante lembrar que o luto era compulsório e a profundidade da tristeza de quem estava de luto era julgada como uma expressão de lealdade a Kim e ao Estado. Pessoas de luto que não mostrassem emoção adequada eram denunciadas por seus camaradas e poderiam sofrer penalidades tão extremas como uma sentença em um campo de prisioneiros. Os histriônicos eram, portanto, ironicamente autênticos, embora a emoção subjacente possa ter sido medo mais do que tristeza.

O corpo de Kim Il-sung está exposto no Palácio do Sol Kumsusan em Pyongyang, preservado e exibido para visualização pública como uma continuação de sua liderança e presença, sugerindo que ainda guia e protege a nação mesmo após sua morte. Ele é o "eterno líder", um governante infalível e perfeito que possuía uma conexão profunda e compassiva com o povo e uma compreensão inata de suas necessidades, suas decisões políticas sempre corretas e guiadas por sabedoria e presciência extraordinárias. Na verdade, a Coreia do Norte enfrentava desafios econômicos cada vez mais extremos durante seu governo devido à sua política de isolacionismo estrito, culminando na fome generalizada devida à má gestão econômica, a desastres naturais e, em 1991, três anos antes da morte de Kim Il-sung, ao colapso da União Soviética, que era um apoiador importante. Contudo, narrativas norte-coreanas enfatizam que o legado de Kim Il-sung foi levado adiante por seu filho e sucessor, Kim Jong-il, e agora por seu neto, Kim Jong-un, embora esses jamais possam atingir seu *status* como o "líder eterno" que cuida da nação após sua morte.

KIM JONG-IL 김정일 金正日

Como seu pai, Kim Jong-il, o segundo líder da Coreia do Norte, também foi sujeito a um culto de personalidade que incluiu a criação de lendas e mitos de ocorrências sobrenaturais a fim de manter sua imagem como uma figura reverenciada e quase divina.

Registros mostram que Kim Jong-il nasceu na Sibéria, mas as descrições norte-coreanas oficiais declaram que nasceu em uma cabana rústica de madeira no Monte Paekdu após um bando de andorinhas voar em torno do campo de guerrilha, indicando sua chegada. Uma estrela brilhante também foi vista no céu, ecoando a narrativa do nascimento de Kim Il-sung. Diz-se que Kim Jong-il era precoce e prodigioso (como um bom confuciano deveria ser) – que com três semanas já estava caminhando e que foi capaz de falar em oito semanas, e que escreveu 1.500 livros enquanto esteve na universidade, além de seis óperas completas. Diz-se que inspecionava cada grão de arroz que lhe serviam por perfeição, que inventara o hambúrguer (chamando-o "pão com camadas de carne"), que seus ternos de estilo militar desencadearam uma tendência de moda global, e que jamais necessitava usar vaso sanitário por ter desenvolvido seu metabolismo de um modo super-humano. Uma das afirmações mais estranhas feitas sobre ele é que, quando atrasou os relógios da Coreia do Norte em meia hora no aniversário de seu pai em 2015, estava literalmente recuperando o tempo que os japoneses haviam roubado da Coreia durante sua ocupação.

Como Kim Il-sung, Kim Jong-il era retratado como tendo sabedoria e intelecto incomparáveis. Suas decisões eram descritas como infalíveis, e se acreditava que sua orientação foi crucial para o sucesso da nação. Mas, talvez por ter sido o sucessor de uma figura divina, jamais atingiu o mesmo nível de adulação que seu pai. Ficou conhecido como o "líder querido" e "grande camarada", e "grande sucessor". Logo após sua morte, diz-se que o céu ficou vermelho acima do Monte Paekdu, e que enormes fendas apareceram na camada de gelo que cobria o Lago do Céu na cratera vulcânica no topo da montanha.

A propaganda norte-coreana muitas vezes destacava o suposto domínio de Kim Jong-il em vários campos, da estratégia militar à literatura e produção cinematográfica. Era descrito como um polímata, que se destacava em toda iniciativa que empreendesse, ainda que fosse o líder durante a "Marcha Árdua" de meados ao fim da década de 1990, um período de grande crise afetado por desastres naturais e fome que seguiu o colapso do aliado e apoiador da Coreia do Norte, a União Soviética. O isolacionismo da Coreia do Norte só ampliou os problemas, destacando uma grande fraqueza na ideologia da *juche*. Segundo registros, mais de três milhões de pessoas morreram de inanição e de doenças relacionadas durante a fome, com grande parte das notícias sendo relatadas por aqueles que escaparam para a China e depois buscaram refúgio na Coreia do Sul.

Embora seu pai acreditasse que o romance pudesse ser a forma mais elevada de propaganda, Kim Jong-il voltou sua atenção à poesia, livros infantis, histórias em quadrinhos e especialmente o cinema. Parte disso se deveu à simples pressão econômica: houve escassez de papel, o que tornou proibitivo disseminar grandes quantidades de romances. Entre os milhares de ensaios e livros atribuídos a ele, encontram-se tratados instrutivos sobre a estética focada em *juche* apropriada à escrita e produção cinematográfica. Seu interesse em livros infantis e histórias em quadrinhos pode ter sido porque sua forma se sobrepunha à do cinema, um meio visual pelo qual era autenticamente obcecado. Ele é listado como o autor de *Sobre a arte do cinema*, um livro repleto de ensaios sobre tópicos que vão de teoria literária e cinematográfica a *insights* sobre direção e processo criativo. No prefácio, ele escreve:

> O cinema ocupa um lugar importante no desenvolvimento geral da arte e da literatura. Como tal, é uma arma ideológica poderosa para a revolução e construção [socialistas]. Portanto, concentrar esforços no cinema, fazendo avanços e buscando sucesso em todas as áreas da arte e da literatura é o princípio básico ao qual devemos aderir na revolução da arte e da literatura.

Kim Jong-il era aficionado por cinema, e tinha aspirações de se tornar diretor. O Estúdio de Cinema de Pyongyang, que tem o dobro do tamanho do estúdio da Paramount, produziu cerca de 12.000 filmes enquanto ele era seu supervisor. Durante sua vida também reuniu uma coleção privada de mais de 20.000 filmes, incluindo cada vencedor do Oscar. Diz-se que Kim Jong-il idolatrava Sean Connery e seguiu a série inteira de James Bond, mesmo após os norte-coreanos terem sido caricaturizados como os vilões em *Die another day* [Um novo dia para morrer]. Ele também gostava de filmes de ação e de terror americanos e filmes japoneses do gênero *kaiju* (sobre monstros), os filmes de Godzilla sendo alguns de seus favoritos insuperáveis.

Pulgasari: o Godzila da Coreia do Norte

Filmes tinham a habilidade de atingir uma grande audiência mais rápida e efetivamente do que romances, uma vez que podiam circular no interior, e eram exibidos como um mimo mensal para uma grande audiência de aldeões que não podiam pagar por – ou ter o tempo de lazer para ler – romances. Histórias em quadrinhos e livros infantis ilustrados serviam não apenas a uma função doméstica, mas também eram exportados para venda. Quando ilustração e filme se entrecruzavam, a animação se mostrou um bem econômico importante, e a Coreia do Norte se tornou, por um tempo, a fábrica de animação do mundo.

Em 1978, Kim Jong-il raptou a famosa atriz sul-coreana Choi Eun-hee após atraí-la a Hong Kong para um encontro de negócios.

Foto de uma cena do filme de ficção científica sul-coreano de 1967 *Monstro espacial Wangmagwi*, enquanto o monstro aterroriza Seul.

Quando seu ex-esposo, o diretor Shing Sang-ok, foi a Hong Kong procurá-la, também foi raptado como parte do plano de Kim Jong-il de obrigá-los a fazerem filmes de propaganda para a Coreia do Norte. Shin ficou preso por mais de dois anos por não cooperar e tentar escapar. Em 1983 foi levado a Pyongyang, onde foi compelido a se casar novamente com Choi e começar a fazer filmes. Ele fez sete filmes para Kim Jong-il, incluindo uma adaptação da clássica história popular *A história de Shim Chong*, mas aquele pelo qual é lembrado – e talvez o filme norte-coreano mais famoso no exterior – é o filme *kaiju* de 1985, *Pulgasari*. *Pulgasari* era originalmente um filme sul-coreano de 1962 – agora, perdido – que foi um fracasso comercial e de crítica quando foi lançado, mas deixou uma impressão em Kim Jong-il por sua ressonância mítica e alegórica. Sua refilmagem em 1985 por Shin Sang-ok amplia suas qualidades simbólicas e alegóricas de um modo que é talhado para a Coreia do Norte, embora contendo também o que talvez seja a crítica simbólica privada de Shin Sang-ok à Dinastia Kim.

Pulgasari é uma peça histórica ambientada durante a época da Dinastia Goryeo. Um ferreiro ancião é espancado, aprisionado e privado de alimento por desafiar o cruel governador. Quando seus dois filhos conseguem jogar para ele porções de arroz para o manter vivo, ele não come. Em vez disso, mantém uma greve de fome com outros camponeses na prisão. Pouco antes de o ferreiro morrer, elabora a minúscula estatueta de um monstro com grãos sujos e acinzentados de arroz e ora aos deuses para tornar o monstro um defensor do povo. Mais tarde, quando sua filha acidentalmente pica seu dedo com uma agulha de costura, uma gota de seu sangue cai na estatueta, trazendo-a à vida. O monstro imediatamente come a agulha e fica maior. Após comer os utensílios de cozinha, ferramentas agrícolas e outros objetos de metal, a criatura termina se transformando em um monstro gigante chamado *Pulgasari* (불가사리), "imorredouro" ou "imatável".

A história prossegue de forma muito semelhante ao mito judaico do Golem: o monstro que ajuda os camponeses locais a derrotar o governador mau. Mas o exército real do rei é capaz de pôr um fim à rebelião mantendo a filha do ferreiro refém e, assim, forçando *Pulgasari* a se render. Eles enterram o monstro no chão pedregoso, tornando-o inativo; mas, numa noite, a filha do ferreiro foge, e traz *Pulgasari* de volta à vida cortando seu braço e pingando sangue no chão pedregoso para alimentá-lo, e dessa vez o monstro ajuda o exército de camponeses a derrotar o rei mau.

Mas o apetite de *Pulgasari* por metal é insaciável, e as pessoas se apercebem de que não podem prosseguir alimentando-o ou ele consumirá todas as suas ferramentas agrícolas. Temem que, se ficar faminto, possa se tornar violento e se voltar contra elas. A única solução é destruí-lo, mas o povo é impotente. Uma vez mais, a filha do ferreiro se sacrifica. Ela engatinha para dentro de um sino de metal e, quando *Pulgasari* o come, transforma-se em pedra. Fissuras se formam ao redor de seu corpo e ele colapsa em pedaços, matando tanto a si quanto a menina.

O simbolismo em *Pulgasari* é tanto evidente quanto sofisticado. Por um lado, satisfaz todas as exigências da teoria cinematográfica de Kim Jong-il, levando sua função propagandística de dramatização do conflito de camponeses contra um governo opressivo. O homônimo do monstro é a mítica *Pulgasari*, uma criatura que come metal e não pode morrer. O *Pulgasari* de Shin Sang-ok incorpora muitos dos clichês cinematográficos enquanto alude a histórias clássicas como a de Shimcheong (a filha do ferreiro veste uma saia azul – *cheong* – quando sacrifica seu sangue para trazer a criatura

O Sino Emille (에밀레종)

O Sino Emille, pesando pouco menos de dezenove toneladas, é o maior sino de bronze da Coreia e é considerado uma obra-prima da arte do período Unificado Silla. Conhecido também como o sino sagrado do Rei Seongdeok o Grande, foi encomendado no fim do século VIII por seu filho, o Rei Gyeongdeok, que morreu antes que o sino pudesse ser fundido. Foi durante o reinado de seu filho, o Rei Hyegong, que o sino foi finalmente acabado, em 771 EC.

O sino fora pensado como um ato de devoção para ser recebido pelo Templo Bongdeok, mas tentativas repetidas de fundi-lo fracassaram. Não fazia som algum quando era percutido.

Finalmente, um monge revelou que, enquanto coletava doações para a primeira fundição do sino, aproximou-se de uma aldeã que era tão pobre que brincou que a única coisa preciosa que poderia oferecer era a criança que carregava em suas costas. Essa memória veio ao monge em um sonho, com a revelação de que somente o sacrifício daquela criança permitiria que o sino soasse apropriadamente. O rei relutou em realizar o sacrifício humano, mas, determinado a realizar o desejo de seu pai moribundo, ordenou que o monge encontrasse a criança.

O sino foi fundido uma vez mais, e dessa vez a criança foi retirada da mãe consternada e jogada no bronze derretido. Quando o sino finalmente esfriou e foi pendurado e percutido com o bastão gigante de madeira, produziu um som belo e etéreo que podia ser de volta à vida) e a lenda do Sino Emille (a decoração no sino no qual se esconde é inequivocamente uma alusão ao seu desenho).

Inicialmente, Kim Jong-il gostou muito de *Pulgasar*, afinal, é superior aos filmes de propaganda norte-coreanos, e mesmo em comparação às contribuições sul-coreanas do gênero *kaiju*. Os valores da produção de *Pulgasari* são melhores que os de *Space Monster Wangmagwi* [Monstro espacial *Wangmagwi*] (우주괴인 왕마귀) – uma comédia/alegoria sul-coreana com uma roupa de monstro de borracha –, e seus temas são mais socialmente relevantes do que os de *Yongary, Monster from the Deep* [Yongary, Monstro das Profundezas]

ouvido por quilômetros: "Emille! Emille!" – que soava como "Mamãe!" no antigo dialeto Silla.
Não há registro oficial desse incidente, mas perdurou como uma lenda na tradição oral até que fosse finalmente registrado por missionários cristãos no século XIX, durante a era colonial japonesa. O Sino Emille é intrincadamente decorado com temas e texto budistas que falam sobre sua encomenda e fundição. É um dos tesouros nacionais mais importantes da Coreia do Norte.

O Sino Emille, que é agora mantido no Museu Nacional de Gyeongju.

(대괴수 용가리) – lançado no mesmo ano e também sul-coreano –, embora seja muitas vezes confundido com um filme *kaiju* japonês. (Em *Yongary*, o monstro semelhante a Godzilla emerge de uma área em torno de Panmunjom, e depois vai em direção ao sul para aterrorizar Seul em um gesto obviamente muito simbólico.) *Pulgasari* chega a se equiparar aos filmes japoneses clássicos sobre monstros, uma vez que muitos integrantes da equipe haviam trabalhado para Toho, o estúdio que produziu os filmes sobre Godzilla. De fato, o ator que vestiu a fantasia de Pulgasari já havia representado Godzilla.

Mas *Pulgasari* também pode ser o termo comum usado para referir uma estrela-do-mar em coreano, e isso leva o simbolismo do filme a experienciar uma distorção inesperada, que Kim Jong-il pode não ter percebido até que Shin Sang-ok e sua esposa escapassem durante uma viagem de arrecadação de fundos em Viena. O monstro consumidor de metal associado a uma estrela – que poderia ser considerado Kim Il-sung – e seu apetite insaciável, que finalmente ameaçou as vidas dos camponeses, poderia representar o apetite do

Poster do filme sul-coreano *kaiju* de 1967, *Yongary, Monstro das Profundezas.*

industrialismo e do desenvolvimento. *Pulgasari*, inicialmente um salvador, teve de ser morto no fim por um sacrifício pessoal. Ele morre comendo um sino, que em coreano é pronunciado *jong* e soa como a palavra para "escravo" ou "servo". O sino é um "sino de metal", que pode ser escrito em uma mistura de caracteres coreanos e chineses como *kim jong* (金 종), também a romanização reconhecida das primeiras duas sílabas do nome de Kim Jong-il. Isso sugere que, no fim da história, um símbolo de Kim Il-sung canibaliza um símbolo de Kim Jong-il, destruindo ambos. (Com certeza, Shin Sang-ok teria de ter negado essa análise caso tivesse ficado preso na Coreia.)

Posteriormente, Kim Jong-il baniu *Pulgasari*, mas o monstro já havia escapado para o mundo, e agora pode ser assistido – remasterizado em 4K e legendado – no YouTube porque é considerado de domínio público.

Kim Jong-un 김정운 金正恩

Kim Jong-un, o atual líder da Coreia do Norte, continua o culto à personalidade da Dinastia Kim, particularmente por sua semelhança surpreendente com seu avô. Como seu pai, Kim Jong-il, ele é mitologizado como uma criança prodígio, com realizações excepcionais em estudos acadêmicos, esportes e artes. As crianças coreanas na escola aprendem, em aulas dedicadas à vida do líder, que ele aprendeu a dirigir aos 3 anos e venceu uma corrida de barcos contra o CEO de uma companhia de iate estrangeira aos 9 anos. Diz-se também que, como com seu pai e seu avô, seu nascimento foi anunciado por uma andorinha e marcado por sinais sobrenaturais que indicavam seu destino como líder. Geralmente, contudo, a importância de sua associação a fenômenos sobrenaturais parece ser reduzida, para se adequar a tempos em que memes da internet começaram a substituir a mitologia.

Em seus esforços para modernizar a Coreia do Norte, Kim Jong-un começou deliberadamente a desmitologizar algumas das afirmações sobrenaturais mais implausíveis que haviam se tornado folclore comum em relação aos Kim anteriores, particularmente Kim Il-sung. Para muitos analistas externos, foi uma surpresa ver o jornal estatal oficial, o *Rodong Sinmun* (로동신문, literalmente, *Jornal dos Trabalhadores*) explicar que, enquanto combatia os japoneses como um líder de guerrilha, Kim Il-sung, embora um corajoso e brilhante estrategista e tático, não pôde de fato dobrar o espaço para circular ao redor do inimigo. O artigo declarava: "De fato, as pessoas não podem desaparecer e reaparecer dobrando o espaço". Em vez disso, o Estado passou a enfatizar a continuação e expansão por Kim Jong-un da política de seu pai, "primeiro o exército", e de sua competência em mídia e tecnologia, destacando realizações científicas como o desenvolvimento de armas nucleares, particularmente mísseis balísticos intercontinentais (MBICs) capazes de ameaçar os Estados Unidos. Em 2017, Kim Jong-un afirmou ter desenvolvido com sucesso uma bomba de hidrogênio. Ele é elogiado pela mídia por sua diplomacia, mesmo quando talvez mantenha as políticas isolacionistas mais duras desde a pandemia da Covid-19, e por sua compaixão, a despeito de ter sancionado o assassinato de seu meio-irmão de mais idade, Kim Jong-nam, e o aprisionamento, a tortura e a execução daqueles que considera ser ameaças reais ou potenciais ao seu poder.

Mas, mesmo com a atualização da imagem de Kim, há gestos simbólicos contínuos que o associam ao passado mítico. Por exemplo, ele é parte da "linhagem do Monte Baekdu", assim como seu pai e avô, e, porque a posição de figura mítica fundadora é ocupada por Kim Il-sung, Kim Jong-un tem sido fotografado cavalgando, o que o alinha ao rei divino Dongmyeong (동명/ 東明, "brilhância oriental") da Dinastia Goguryeo, que, como dizem, cavalgava em um *girin* branco. Quando menino, Dongmyeong era conhecido como Príncipe Chumo e chamado "o sol do céu", que cresceu para conquistar os reinos concorrentes e formar um Goguryeo unificado. Essas alusões à "brilhância oriental" (o sol nascente), "o sol do céu", e à unificação, então, associam Kim Jong-un à grande estrela vermelha unificadora, assim como seu avô.

A ZONA DESMILITARIZADA

A Zona Desmilitarizada (ZDM) literalmente corta a Península Coreana ao meio. É um legado profundo da Guerra da Coreia e um lembrete constante - tanto literal como simbólico - de que a guerra tecnicamente não acabou, tendo "terminado" apenas com um armistício. O fato de que o conflito poderia ser reiniciado a qualquer momento, portanto, paira sobre a península como um uma espada de Dâmocles, contribuindo para a mentalidade de cerco da Coreia do Norte, política de isolacionismo e desenvolvimento continuado de armas, embora oferecendo uma explicação para uma presença militar americana na Coreia do Sul (que só serve para reforçar a dedicação da Coreia do Norte ao militarismo). O ex-presidente americano Bill Clinton descreveu certa vez a ZDM como "o lugar mais assustador do planeta", e ainda assim é uma importante atração turística, com mais de um milhão de visitantes por ano. Os turistas são obrigados a assinar uma renúncia de segurança, que diz, em parte, que sua visita "envolverá a entrada em uma área hostil e a possibilidade de ferimento ou morte como um resultado direto da ação inimiga".

A ZDM é uma faixa de terra de 4km de largura que se estende por 240km de leste a oeste ao longo da largura da península, refletindo as linhas de frente no momento em que o armistício teve efeito. Tanto norte quanto sul lutaram literalmente até o último segundo para ganhar tanto território quanto possível, resultando em grande número de mortes desnecessárias por alguns metros de vantagem. O simbolismo da ZDM, uma linha curva que divide a península entre o norte comunista e o sul capitalista do mesmo modo que o centro da bandeira sul-coreana é dividido por uma linha curva em um "norte" vermelho e um "sul" azul, é inevitável. É uma grande ironia que os parâmetros da ZDM não são significativamente diferentes da divisão da península ao longo do Paralelo 38 antes de a Guerra da Coreia começar, ao custo de milhões de vidas. Dada a terrível devastação sofrida pela área, não surpreende se ouvir histórias - de soldados e do povo que vive nas proximidades - de fantasmas, estranhas luzes *dokkaebi*, espíritos infelizes ou mesmo de OVNIs. Dizem que partes da ZDM são amaldiçoadas, parcialmente para assustar caçadores ilegais de ambos os lados que se infiltram para capturar animais selvagens que se desenvolvem lá.

A Área de Segurança Conjunta (ASC), também conhecida como Panmunjom (e, por vezes, como "aldeia da trégua"), é a parte da ZDM na qual o norte e o sul conduzem suas negociações diplomáticas e militares. A ASC está sob a direção do Comando das Nações Unidas (CNU) no sul e pelo Exército Popular Coreano (EPC) no norte. Como ainda é tecnicamente uma zona de combate, postos de comando, postos de observação, túneis e *bunkers* foram construídos em ambos os lados da ZDM. As forças do EPC e do CNU também patrulham regularmente a área pesadamente minada buscando por infiltrados, procurando, desabilitando e instalando armadilhas explosivas, e mantendo uma presença para desencorajar incursões do outro lado. É muito fácil para soldados de cada lado acidentalmente perambular pela linha de demarcação, porque os sinais que a marcam são da década de 1950. Eles são afixados a cada 100m, mas estão tão gastos e oxidados que mal são legíveis. De acordo com o CNU, soldados norte-coreanos

Guardas sul-coreanos em Panmunjom de pé entre as duas salas de conferência, olhando para o norte ao pavilhão Panmun-gak. A linha dividindo a Coreia do Sul e a Coreia do Norte é onde os cascalhos mudam de cor.

devem passar por um teste de iniciação, que é se infiltrar na parte sul da ZDM para um antigo cemitério e trazer consigo um decalque de uma lápide para provar que se infiltraram no sul. Aqueles que são descobertos pelas patrulhas do CNU se explodirão com granadas de mão para evitarem ser pegos e interrogados.

Veículos do CNU são obrigados a portar uma bandeira branca e uma bandeira da ONU, embora essa política tenha sido violada muitas vezes, incluindo um período no começo da década de 1970, quando uma unidade americana substituiu uma bandeira branca por uma bandeira pirata para antagonizar os norte-coreanos. Violações como essas são discutidas durante encontros nos prédios azuis de conferência que se encontram ao longo da linha de demarcação ao norte da "Ponte de Não Retorno", com cada prédio e cada mesa de conferência divididos exatamente ao meio pela linha. Militares de cada lado guardam as entradas norte e sul, com forças do CNU no sul e soldados norte-coreanos no norte. Dentro das salas de conferência é permitido cruzar a linha, mas deixar a sala pela saída errada poderia potencialmente provocar um incidente internacional, porque poderia ser considerado um movimento para deserção.

A Coreia do Norte, em sua propaganda, alega ter uma polícia receptiva para com desertores do sul capitalista, e uma crença equivocadamente ingênua entre alguns no exército americano é que a Coreia do Norte está ansiosa por aceitar qualquer soldado americano, oferecendo uma vida de luxo e privilégio no norte. Essa crença ilusória pode ter sido o ímpeto para o incidente de 2023 quando um soldado americano, Travis King – que estava enfrentando acusações disciplinares no exército americano após ter sido detido por autoridades sul-coreanas –, se juntou a um grupo de turistas e correu entre os prédios de conferência para o norte em busca de asilo. King foi expulso pelos norte-coreanos após dois meses e acusado de vários crimes, incluindo deserção.

Há duas aldeias na ZDM, autorizadas por ambos governos. No sul, está Daesongdong, conhecida como "aldeia da liberdade", onde

O "Incidente da poda de árvores" em Panmunjom

No fim do verão de 1976, dois oficiais do exército americano foram mortos por soldados norte-coreanos na Área de Segurança Conjunta enquanto estavam supervisionando uma equipe que podava um álamo. O incidente, variadamente chamado "incidente do assassinato com machado" e "incidente da poda da árvore", ocorreu a somente alguns metros da "Ponte do Não Retorno" e quase reiniciou a Guerra da Coreia.

Os norte-coreanos, sabendo que a árvore obstruía a linha de visão entre o posto de observação do CNU e um ponto de checagem, afirmaram que ela não poderia ser derrubada sem permissão porque era uma árvore especial, tendo sido plantada pelo próprio Kim Il-sung. Todavia, no dia do incidente, quinze soldados norte-coreanos permitiram que a equipe do CNU começasse a podá-la antes de repentinamente comandar que parasse. Quando a equipe do CNU os ignorou, os norte-coreanos chamaram mais vinte soldados, armados com tacos e pés de cabra, para o local. Eles atacaram a equipe do CNU após o comandante do EPC ordenar: "Matem os bastardos!" Dois integrantes da equipe do CNU – o Capitão Arthur Bonifas e o Primeiro-tenente Mark Barrett – foram mortos, um deles com os machados que haviam sido trazidos para podar a árvore. Dos dezessete sobreviventes, todos, exceto um, foram feridos pelos norte-coreanos.

somente aqueles que já estavam lá durante a Guerra da Coreia (e seus descendentes) têm permissão para viver. Um dos benefícios aos residentes é que têm acesso a uma grande quantidade de terras cultiváveis, mas estão em constante perigo de infiltrados norte-coreanos. Na década de 1980, a "guerra do mastro de bandeira" que começou na sala de conferências em Panmunjom foi reacendida do lado de fora, quando o governo sul-coreano construiu um mastro de bandeira de 100m de altura, exibindo uma enorme bandeira de 130kg.

Após os assassinatos, o CNU montou uma exibição de força incrível chamada "Operação Paul Bunyan" (nomeada em alusão ao lenhador gigante da lenda americano-canadense), cujo objetivo era vingar as mortes dos soldados americanos e intimidar os norte-coreanos. Três dias depois do "incidente do assassinato com machado", o álamo não foi apenas podado, mas derrubado. Esse ato simbólico envolveu uma massiva operação combinada de forças: um comboio de dezenas de caminhões carregando engenheiros militares com motosserras; dois pelotões de apoio de infantaria; armamentos, incluindo cabos de picaretas, pistolas, rifles M16, lançadores de granadas M79 e inclusive minas Claymore; uma frota de helicópteros incluindo meia dúzia de helicópteros de ataque; aviões B-52 voando escoltados por jatos de combate; bombardeiros menores F-111 com mais jatos de combate; e mesmo o emprego de um dos maiores navios de guerra da história, o *USS Midway* de 50.000 toneladas, na costa leste. Enquanto isso, os Estados Unidos estavam em *status* DEFCON 2. A resposta da Coreia do Norte não é inteiramente conhecida, mas na ASC cerca de 200 soldados foram mobilizados, estabelecendo posições de metralhadoras. A árvore foi derrubada sem reiniciar a guerra, mas as relações com a Coreia do Norte permaneceram tensas por um longo tempo depois disso. O tronco do álamo permaneceu lá até 1987, quando foi removido e substituído por um monumento de pedra para os dois oficiais assassinados.

Apenas mais 2km ao norte da aldeia da liberdade está a aldeia de Kijong-dong, também conhecida como Pyeonghwa-ri, ou "aldeia da paz", no norte, e "aldeia da propaganda", no sul. É uma aldeia Potemkin constituída basicamente de casas vazias com iluminação programada para fazer com que os prédios pareçam ocupados, e, embora a Coreia do Norte alegue que seja uma aldeia agrícola ocupada por 200 famílias felizes, é mais provável que outrora tenha sido um lugar para acomodar soldados que tripulavam posições de artilharia escondidas. Sua característica importante é um mastro

O incidente da bandeira em Panmunjom

Uma variação do infame "incidente da bandeira" é um dos favoritos dos guias turísticos em Panmunjom, tendo assumido *status* de lenda. A história diz que, quando os norte-coreanos e a ONU estabeleceram pela primeira vez a sala de conferências em Panmunjom, cada lado trouxe uma bandeira para colocar na mesa central. A bandeira da ONU tinha um tamanho modesto, enquanto a dos norte-coreanos era mais larga e mais alta. Na reunião seguinte, a ONU trouxe uma nova bandeira que era mais alta do que a norte-coreana, o que então provocou os norte-coreanos a trazerem uma bandeira ainda mais alta. Isso prosseguiu até que ambas as bandeiras atingissem o teto da sala de conferências. No fim, os dois lados tiveram de entrar em negociações formais para regular o tamanho-padrão das bandeiras de mesa. Estabeleceram um tamanho e uma altura e regularam o tamanho da ponta do mastro, que é o que vemos hoje, mas, se olharmos mais de perto, veremos que o pedestal da bandeira da Coreia do Norte tem mais níveis.

de bandeira de 160m de altura que sustenta uma bandeira de 270kg, em resposta direta ao mastro de bandeira na aldeia da liberdade. Houve um tempo em que essa foi a maior bandeira do mundo. A aldeia é conhecida também por veicular transmissões de propaganda em volume elevado em direção ao sul, particularmente em tempos de tensão política.

Uma das características inesperadas da ZDM é que se tornou um santuário de vida selvagem. Isolada da fome e do desflorestamento no norte e do desenvolvimento intenso do sul, a faixa de terra se tornou um refúgio para muitos animais diferentes, incluindo pássaros migratórios e espécies que estão em perigo ou mesmo consideradas extintas na península. Entre os animais identificados na ZDM – muitos por soldados em patrulha – estão gatos-leopardos, ursos negros, águias douradas e várias espécies de garças. Como a água é menos poluída, lontras e trutas da Manchúria também vivem nos rios entre a Coreia do Norte e do Sul. Mesmo o tigre siberiano e

Uma pintura da Dinastia Joseon de pêssegos e um grou. Ambos são símbolos de longevidade.

o servo almisqueiro com presas foram identificados na ZDM, acrescentando à narrativa de uma reserva milagrosa de animais.

Atualmente, há um movimento entre organizações internacionais para declarar a ZDM um parque nacional permanente como um gesto de paz entre norte e sul, o que o tornaria uma das maiores áreas com essas características no mundo. Em 2012, a Coreia do Sul tentou renomear a ZDM como a Zona de Paz e Vida (ZPV), mas o novo rótulo não parece ter sido bem-sucedido.

GURIMCHAEK: HISTÓRIAS EM QUADRINHOS

Um dos modos mais interessantes – e talvez irônicos – de descobrir a ideologia norte-coreana é por meio das histórias em quadrinhos. Isso porque, a despeito de seu valor de propaganda e da compreensão explícita de que são usados como uma ferramenta do Estado, são levados menos a sério – e, portanto, são menos

Cuidado com sua linguagem

Devido à ideologia *juche* da Coreia do Norte, é possível que sua língua seja mais "puramente" coreana do que a língua falada na Coreia do Sul. Os norte-coreanos, a despeito de seu autodeclarado índice de alfabetização de 100% em décadas recentes, geralmente, não usam caracteres chineses (*hanja*), enquanto os sul-coreanos geralmente aprendem cerca de 1.800 desses até o fim de seu ensino médio.

Os sul-coreanos também usam muitas palavras estrangeiras emprestadas, mas os norte-coreanos tentaram reduzir as palavras estrangeiras ao mínimo, mantendo o que é considerado um vocabulário nativo sempre que possível. Isso, ironicamente, faz com que soem como caipiras do interior para os sul-coreanos. Por exemplo, "leite" em sul-coreano é *uyu* (우유/牛乳), enquanto em norte-coreano é *sojeot* (소젖), para evitar usar palavras associadas ao chinês. Para um sul-coreano, o engraçado é que *jeot* (젖) também pode significar "teta". Isso é análogo à adoção inglesa de "bife" e "porco" dos normandos, em vez de usar termos como "carne de vaca" e "carne de porco" do anglo-saxão nativo. Do mesmo modo, na Coreia do Sul, "pão" é *bbang* (빵), que é a pronúncia coreana da palavra francesa *pain*, emprestada via japoneses durante a era colonial. Os norte-coreanos usam o termo *yangddeok* (양떡), literalmente, "torta de arroz ocidental", porque os coreanos não possuem o equivalente ao pão fermentado.

O uso do japonês para termos cotidianos (como os nomes de vegetais, utensílios domésticos e tecnologia comum) perdurou na Coreia do Sul até a década de 1970, enquanto palavras japonesas emprestadas foram eliminadas ao menos uma década antes no norte. Na Coreia do Sul, crianças em idade escolar aprendem a detectar espiões norte-coreanos ouvindo pequenos deslizes no uso da língua. Para os sul-coreanos, o dialeto do norte soa duro e entrecortado, e entre o fim da Guerra da Coreia em 1953 e hoje, os dialetos mudaram tão significativamente que intérpretes tiveram de ser usados nos Jogos Olímpicos de Inverno de 2018 em Pyeongchang, de modo que os times coreanos do norte e do sul pudessem se comunicar entre si.

cuidadosamente monitorados – do que a arte erudita ou a literatura. Isso dá para quem é de fora uma oportunidade única para entender as sensibilidades subjacentes da Coreia do Norte, examinando os temas com que as histórias em quadrinhos se ocupam, e como esses temas são comunicados às crianças, para quem as mensagens necessitam ser mais óbvias.

Na Coreia do Sul, histórias em quadrinhos chamadas *manhwa* (만화/漫画), que usam os mesmos caracteres chineses que o *manga* (漫画) japonês, que significa "figuras"/"desenhos" "erráticos"/"improvisados". Essa designação tornou claro que não se considerava essa arte na mesma categoria cultural da arte clássica, e, na verdade, sua estética é muito distinta. As histórias em quadrinhos coreanas são muito influenciadas pelas do Japão, mas têm um estilo diverso, e seus temas e gêneros são muito diferentes de seus equivalentes japoneses. Na década de 1960, durante a ditadura militar de Park Chung-hee, os *manhwa* eram classificados como um dos "males sociais" da Coreia do Sul, junto ao alcoolismo, vício em drogas, jogo e prostituição. Eram fortemente censurados, e muitos artistas *manhwa* lutavam para sobreviver em um esforço que recebia pouca consideração. Embora houvesse títulos famosos e bem-sucedidos como *Hong Gildong* (1965) de Shin Dong We, que dramatizava as aventuras do herói popular do romance do século XVII e que teria inspirado os primeiros filmes animados da Coreia, os *manhwa* eram geralmente relegados ao bairro *manhwabang*, ou "sala dos quadrinhos", pequenas lojas improvisadas nas quais histórias em quadrinhos eram locadas, uma vez que muitos coreanos não podiam comprá-las. Os *manhwabang* eram locais de encontro de jovens delinquentes e meninos que matavam aulas. Às noites, as adolescentes e mulheres adultas enviavam um parente do sexo masculino ao *manhwabang* para locarem histórias em quadrinhos românticas durante a noite, prenunciando os aluguéis de videoteipes que ocorreriam nas décadas de 1980 e 1990.

Os *manhwa* abrangem gêneros de sátira social a ficção científica, mas retiveram seu estigma até meados da década de 1980, quando

Time de beisebol alienígena, de Lee Hyun-se, uma novela em vários volumes sobre um time de desajustados (incluindo personagens mestiços) se tornou um fenômeno nacional de sucesso e mudou tanto o público leitor como o *marketing* das histórias em quadrinhos. Mas, mesmo após essa transformação da credibilidade das histórias em quadrinhos, que se deveu em parte a estudantes ativistas, essa arte nunca se tornou tão proeminente na Coreia do Sul quanto no Japão. Em meados da década de 1970, durante o regime opressivo de Park, havia mais de 15.000 *manhwabang* no país. Em 2016, durante um governo democrático muito mais liberal, havia menos de 500. No século XXI, com o advento dos *webtoons* e do colapso parcial do mercado dos *manhwa* impressos, não está claro se algum *manhwabang* permanece em operação, exceto como instalações nostálgicas de museu.

Na Coreia do Norte, por outro lado, as histórias em quadrinhos – chamadas *geurimchaek* (그림책), literalmente, "livro de figuras" – assumiu um tipo inteiramente diferente de relevância social. Não são relegadas à arte baixa ou rotuladas como "mal social", porque servem como uma ferramenta importante para disseminar propaganda estatal disfarçada de educação e entretenimento. Como são mais baratas para produzir do que filmes e porque podem ser lidas rapidamente (e não exigem o nível de alfabetização requerido para romances, embora a Coreia do Norte alegue um índice de alfabetização de 100%), os *geurimchaek* se tornaram muito populares, particularmente durante o governo de Kim Jong-il e durante os anos da Marcha Árdua.

Uma história em quadrinhos em particular, *Grande general Asa Poderosa* (1994), de 186 páginas, destaca-se porque foi impresso em cores, enquanto a maior parte dos *geurimchaek* eram impressos em arte de linha de uma só cor com restos de tinta de outros trabalhos impressos. *Asa Poderosa* é precisamente o tipo de coisa que Kim Jong-un poderia ter lido quando pré-adolescente, e seus *slogans* implícitos revelam o tipo de lavagem cerebral que teria experienciado naquela época.

O ano em que *Asa Poderosa* foi publicado pela primeira vez foi também o ano em que Kim Il-sung, o "grande líder", morreu. A Coreia do Norte vinha recebendo quantidades massivas de alimentos e ajuda econômica, o que terminou quando a União Soviética colapsou. A fome que atingiu o país em meados da década de 1990 foi devastadora. A alternância de inundações e secas, exacerbada pelas mudanças climáticas, resultou nas mortes de mais de um quarto de milhão de pessoas de acordo com registros oficiais do país (com algumas estimativas externas dizendo que o número verdadeiro pode ser de mais de três milhões). No fim da década de 1990, somente metade da população tinha acesso a água potável, e a seca tornou impossível cultivar internamente os grãos necessários para alimentar a população faminta.

Asa Poderosa, o herói da história, é uma abelha virtuosa. Ele tem a ideia de construir um sistema de irrigação para salvar o "Jardim das 1.000 flores" e reabastecer os suprimentos de mel – uma alusão ao projeto do massivo aqueduto nacional que custou aproximadamente

Uma página do histórico *manhwa*, *Kojubu Samgukji* sul-coreano da década de 1940, de Kim Yong-hwan.

100.000 vidas norte-coreanas para ser construído. Mas há uma ameaça externa sempre presente: o exército de vespas, que havia fracassado em uma tentativa anterior de conquistar as abelhas devido aos esforços heroicos de Asa Poderosa. Quando o general vespa vai encontrar seu aliado, o rei das aranhas, vemos o simbolismo explicado para nós. Os uniformes das vespas lembram os dos japoneses durante a era colonial, enquanto as aranhas são mostradas como narizes longos, estereotipadamente associados aos americanos. A teia da aranha-rainha se assemelha notadamente ao logo da ONU, com sua matriz de linhas brancas, sugerindo que as aranhas representam o Comando das Nações Unidas.

Asa Poderosa também joga com simbolismo mítico profundo. Abelhas, durante sua coleta de néctar de flores, são associadas ao

Todos os estrangeiros se parecem!

Uma história apócrifa serve como um contraponto interessante para o estereótipo ocidental de que todos os asiáticos se parecem. (Na Coreia, esse estereótipo é somado a um problema real que muitos ocidentais têm em lembrar nomes coreanos, porque praticamente todos têm três sílabas e muitos coreanos têm o sobrenome Park, Kim ou Lee.) Nos primeiros dias após a Coreia se libertar do Japão, entre 1945 e 1950, um trabalhador coreano foi espancado até à morte por um ocidental em plena luz do dia em um mercado público em Seul diante de centenas de testemunhas. Quando a polícia chegou, o assassino já partira há muito, mas dado o número de testemunhas e o fato de ser um estrangeiro, a polícia estava confiante de que poderia encontrá-lo rapidamente. Mas ficaram terrivelmente desapontados – e chocados – pelas descrições do assassino. Todas as testemunhas relataram que era alto e cabeludo, com um nariz longo e olhos redondos (alguns também relataram que cheirava a leite estragado) – o estereótipo coreano genérico de um homem branco estrangeiro. Quando lhes mostraram fotos e lhes perguntaram se seriam capazes de identificar o assassino em uma apresentação de um grupo de suspeitos, as testemunhas disseram que todos os estrangeiros se pareciam e que não podiam distingui-los.

sol. (Na mitologia egípcia, dizem provir das lágrimas do deus do sol, Ra.) A mídia norte-coreana também associava cuidadosamente tanto Kim Il-sung como seu filho, Kim Jong-il, a imagens maternas, a fim de sugerir que o Estado era tanto pai como mãe do povo. Simbolicamente, ambos são a linhagem solar e também "abelhas-rainhas" para a nação de trabalhadores diligentes. Transpor essa história simbólica à forma de história em quadrinhos, acompanhada de ilustrações brilhantes com anotações que vão desde aforismos semelhantes aos de Esopo a *slogans* políticos paranoides, demonstra uma aplicação magistral e ambígua da teoria literária *juche* como formulada pelo próprio Kim Jong-il.

Cada página da história inclui um *slogan* que desce verticalmente do lado externo da margem. Esses *slogans* vão do elogio ao lar ("Felicidade chega a um lar onde as flores do riso desabrocham") e à pátria ("Um torrão de terra da pátria é mais precioso do que ouro estrangeiro") e orientação política: "O inimigo de um amigo ou amigo de um inimigo – seja igualmente cauteloso com ambos"; "A visão do sorriso de um inimigo: uma agulha afiada – ele saboreando a doçura: uma flecha envenenada"; "Radicais e idiotas são mentalmente deficientes". Esses se tornam cada vez mais paranoides e militaristas à medida que o livro continua. Por um lado, Asa Poderosa é uma mensagem pungente às crianças, direcionada à preservação dos recursos naturais da Coreia do Norte e à modelação da devoção ao Estado; por outro, é doutrinação política em sua forma mais insidiosa.

Outras histórias em quadrinhos norte-coreanos revelam como propaganda e drama trabalham juntos para transmitir sutilmente as mensagens do Estado. *O segredo da frequência A*, também publicado em 1994, trata de um grupo de elite de meninos e meninas cientistas norte-coreanos que salvam uma nação africana não nomeada de uma força maligna: um som misterioso que criou um enxame de gafanhotos vorazes, que devastam o ecossistema local. Se não freados, o resultado poderia ser não apenas fome local, mas a interrupção da cadeia de alimentos mundial.

Capa do *manhwa* infantil norte-coreano, *O grande General Asa Poderosa*, de Cho Pyong-won.

A tecnologia maligna por trás dessa "Frequência A" está associada a um grupo de personagens vilões reunidos a partir de estereótipos imediatamente reconhecíveis: uma figura beligerante chamada "Kelton" para sugerir um americano-britânico, um americano com nariz grande chamado "Ronald", um cientista japonês dentuço com os necessários óculos de fundo de garrafa e um criminoso de guerra nazista. A tecnologia que conceberam alude aos projetos americanos reais como o High-frequency Active Auroral Research Program (Programa de Pesquisa Aurora Ativa de Alta Frequência – PPAAAF), que foi responsabilizado por teóricos da conspiração por uma variedade de males, de guerra de controle climático a controle mental em massa e terremotos destrutivos. A despeito do isolamento estrito do país, os norte-coreanos evidentemente conhecem bem teorias internacionais de conspiração. *O segredo da frequência A* é um exemplo do gênero de história em quadrinhos "Coreia do Norte salva o mundo", e não surpreende que a nação resgatada pelas crianças cientistas esteja localizada na África, onde o Estado norte-coreano possui vínculos por décadas por meio do comércio de armas.

Outra história em quadrinhos norte-coreana ambientada em um país africano é *Nevasca na selva* (2001), um *thriller* dirigido a um público leitor de adolescentes e adultos. Os dois heróis da história são médicos norte-coreanos cujos sobrenomes são Kim, o que os torna substitutos de Kim Il-sung e Kim Jong-il, que são mostrados como os salvadores de um grupo multirracial que sobreviveu à queda por sabotagem de um avião no topo de uma montanha remota. Os sobreviventes elegeram um dos Kim como seu líder por sua sabedoria e qualidades virtuosas. Ele os lidera no que parece ser uma iniciativa malfadada de busca de resgate – *subir* a montanha em vez de descê-la, contrário ao aparente senso comum dos rudes e abrasivos americanos no grupo. No fim, a estratégia de Kim – símbolo da subida ao Monte Paekdu da Coreia do Norte, o lugar mítico de nascimento de seu "líder eterno" – termina sendo um plano melhor. Os americanos tolos que abandonam o grupo (porque têm a liberdade de escolha, afinal, e decidem seguir as informações que viram na TV) encontram um destino apropriadamente horrível, quando são devorados por crocodilos no vale.

Os heróis em *Nevasca na selva* têm muitas ocasiões para repetir fundamentos da sabedoria norte-coreana e adotam várias posições dramáticas que espelham as de Kim Il-sung em estátuas e pinturas familiares a todos os norte-coreanos. Os Kim são caracterizados como os salvadores sábios, de mente aberta, benevolentes e compassivos de um povo africano não nomeado oprimido pelo que parece ser a "Máfia" americana.

O fato de a Coreia do Norte estar produzindo histórias em quadrinhos politicamente carregadas ambientadas na África não deveria surpreender. Após assinar um protocolo sobre negociação e cooperação em 2013, a Coreia do Norte muniu o regime Kabila da República Democrática do Congo de soldados e conselheiros em troca de acesso às minas de urânio que haviam sido uma fonte desse mineral para a primeira bomba atômica americana. Os conselheiros militares norte-coreanos também têm sido ativos em Angola, Zimbábue, Zâmbia, Etiópia e Uganda, onde administram campos de treinamento e supervisionam o uso de armas pesadas importadas da

Coreia do Norte. O que surpreende é que se possa inferir tanta estratégia política da Coreia do Norte de suas histórias em quadrinhos. Mas isso pode se dever ao fato de os *geurimchaek* serem concebidos para ser facilmente compreendidos e são, por isso, mais transparentes do que a propaganda dirigida somente para adultos.

Ironicamente, uma das melhores descrições da Coreia do Norte antes da enxurrada de vídeos do YouTube em anos recentes foi a história em quadrinhos *Pyongyang: A Journey in North Korea* [Pyongyang: Uma jornada à Coreia do Norte] (2003). O cartunista quebequense, Guy Delisle, passou dois meses trabalhando na capital como animador. Mesmo filmes e fotos não chegam perto de comunicar o senso de escala ou o vazio de Pyongyang, que a memória gráfica em escala de cinza de Delisle evoca tão efetivamente.

Kim Seondal: o herói trapaceiro

Uma das figuras folclóricas mais populares encontradas nos quadrinhos norte-coreanos do século XIX é a de Kim Seondal (김선달), também conhecido como Bongi Kim Seondal (봉이김선달) na Coreia do Sul. O nome Seondal é, na verdade, uma referência a alguém que passou no concurso para o serviço público, mas ainda não recebeu um posto governamental. Assim, mesmo o nome de Kim soa satírico, uma vez que passar no exame mas não ter uma posição seria um desapontamento. "Bong" significa "enganar", "aquele que engana", ou "um pico", assim, Bongi é lido como um "trapaceiro", embora também esteja associado a alguém de *status* elevado. O que Kim Seondal usualmente faz é enganar os ricos da classe alta apelando à sua ganância e vaidade.

Na história mais conhecida de Kim Seondal, ele vende o Rio Daedong, que corre ao longo de Pyongyang. Ele começa distribuindo moedas aos camponeses locais e lhes pagando para lhe devolverem dinheiro toda vez que retiram água do rio. No dia seguinte, um *yangban* (aristocrata) ganancioso vê Kim sentado à beira do rio coletando dinheiro. Quando pergunta a Kim por que as pessoas estão lhe pagando, ele diz ser dono do rio e que está sendo pago pela água. Ele convence o *yangban* de que pode fazer fortuna fácil e lhe vende a titularidade do rio por uma soma enorme. No dia seguinte, quando o *yangban* vem coletar o dinheiro dos camponeses, ninguém lhe paga, dizendo-lhe que está louco e que a água do rio é para quem quiser usá-la.

Na Coreia do Sul, Kim é um trapaceiro autointeressado que serve para expor a hipocrisia e ganância da classe *yangban*, muitas vezes por algo tão pequeno quanto uma refeição grátis. Mas, no norte, foi elevado ao *status* de um herói popular nacional porque consideram que tenha vindo de Pyongyang, a capital da Coreia do Norte, e seu sobrenome é Kim, o que o vincula à Dinastia Kim. Nas versões norte-coreanas modernas das histórias de Kim Seondal, ele é um trabalhador que vem para resgatar os aldeões e lograr os *yangban*, que são ávidos por lucrar explorando os camponeses rurais. Ele é o protetor dos recursos locais e envia o grupo de *yangban* humilhados de volta para a cidade grande.

A despeito de suas reputações diferentes na Coreia do Norte e na Coreia do Sul, Kim é imensamente popular em ambas. Vários romances gráficos norte-coreanos o trazem, incluindo *A desgraça do yangban Seong-cheon* (2006), que conta quatro histórias populares. Na Coreia do Sul, ele era o súdito de *Seondal: The Man Who Sells the River* [Seondal: O homem que vende o rio] (2016), um filme dirigido por Park Dae-min.

6

A Coreia na era moderna

A busca por inovação tecnológica é um marco na Coreia do Sul, que ostenta um dos índices mais elevados de conectividade internética e uso de *smartphones* do mundo. Avanços tecnológicos, incluindo o desenvolvimento de redes de 5G, robôs e inteligência artificial, posicionaram a Coreia do Sul na vanguarda do que é agora chamado a Quarta Revolução Industrial. Contudo, a Coreia do Sul também enfrenta sua parcela de desafios, como o amadurecimento da população, altos níveis de estresse tanto no local de trabalho como na educação, e tensões contínuas com a Coreia do Norte. Atualmente, a Coreia do Sul tem a taxa de natalidade mais baixa e a de suicídio mais alta entre os 37 países que constituem a Organização para Cooperação e Desenvolvimento Econômicos, e muitos jovens coreanos dizem que estão vivendo no "Inferno Joseon".

A despeito de sua fachada moderna e do fato de ser um dos países mais conectados do planeta – com todos os problemas que vêm com isso – a Coreia do Sul permanece profundamente arraigada na tradição. Princípios confucianos, que influenciaram a sociedade coreana por séculos, continuam a moldar relações interpessoais, dinâmicas familiares, expectativas societais e até mesmo a cultura corporativa. Em Seul, a justaposição de arranha-céus modernos entre palácios e templos antigos reflete tanto uma coexistência harmoniosa quanto um confronto do antigo e do novo. Cerimônias tradicionais como o Ano Novo Lunar (Seollal, 설날) e o festival da colheita (Chuseok, 추석), ainda são amplamente celebradas, conectando as pessoas à sua herança cultural, enquanto feriados importados como o Natal, Dia dos Namorados, e mais recentemente, o *Halloween*, entraram no calendário anual. A Coreia contemporânea é uma mistura dinâmica de tradição e modernidade, onde o legado do passado está em sintonia com o ritmo cada vez mais acelerado de mudanças, resultando em uma sociedade e cultura sob um estresse tremendo. A jornada da nação das cinzas da guerra para a prosperidade econômica e influência cultural global no século XXI é um testemunho e um teste de sua resiliência e adaptabilidade. A narrativa moderna da Coreia traz consigo sua história, folclore e histórias originais, e, como todas essas narrativas, é coberta, com uma superfície que muitas vezes oculta contradições subjacentes, e os coreanos continuam a criar mitos, lendas e histórias populares mesmo que os meios de os comunicar tenham sido transformados pela tecnologia.

O MITO DA DEMOCRACIA

Manuais geralmente dirão que a Coreia do Sul tem sido uma democracia desde 1948, mas a verdade é mais complicada. O primeiro presidente "democrático" da Coreia do Sul, Syngman Rhee, foi apontado pelos americanos após a Segunda Guerra Mundial, e, durante sua administração autoritária, o governo foi envolvido em dois massacres de grande escala: a supressão do Levante da Ilha Jeju, que começou em abril de 1948 e durou mais de um ano, deixando mais de 20.000 mortos; e o Massacre da Liga Bodo, a execução em massa de mais de 100.000 prisioneiros políticos simpatizantes do comunismo na eclosão da Guerra da Coreia. A eleição de 1960, que Rhee venceu sem oposição, é geralmente considerada fraudulenta. Rhee acusou um de seus oponentes, Cho Bong-am, o líder do Partido Progressista, de ser comunista. Cho foi mais tarde julgado e executado no que agora é considerado o primeiro "assassinato judicial" da Coreia. Seu outro oponente, Cho Pyong-ok, líder do Partido Democrático, morreu de trombose coronária no Walter Reed Army Medical Center, em Washington, D.C., onde estava sendo tratado de câncer no estômago. Esses eventos, a intenção evidente de Rhee de permanecer no poder para sempre e o assassinato de um estudante que havia protestado contra a eleição fraudada, levou à ampla

Revolução de Abril em 1960, que Rhee suprimiu violentamente, matando cerca de 200 manifestantes. Mais tarde, Rhee renunciou e teve de ser secretamente retirado do país pela CIA. Morreu no exílio no Havaí.

Park Chung-hee, um ex-general que chegou ao poder por meio de um golpe de Estado em 1961, governou a Coreia do Sul até 1979. Sua administração é responsável pelo crescimento econômico fenomenal da Coreia do Sul – foi durante seu governo que o padrão de vida do país finalmente superou o da Coreia do Norte –, mas ao custo de intensa repressão política. Durante a administração de Park, a Agência Central de Inteligência Coreana (Korean Central Intelligence Agency – KCIA, espelhada na americana CIA) se tornou uma força formidável, e seu exército, um aliado dos Estados Unidos na Guerra do Vietnã, desenvolvendo rapidamente a reputação de corrupção e brutalidade para com os vietnamitas. Park sobreviveu a duas tentativas de assassinato, embora sua esposa tenha sido morta em um deles. Em 1972, devido a uma dissensão nacional após eleições fraudadas, ele dissolveu a Assembleia Nacional, declarou lei marcial e suspendeu a constituição. Então, Park governou como um ditador até outubro de 1979, quando foi assassinado por seu amigo próximo, o diretor da KCIA. Isso foi seguido, após um governo interino que durou somente seis dias, pela 12ª Insurreição Militar de Dezembro, outro golpe de Estado pelo qual o General Chun Doo-hwan assumiu o poder.

Chun Doo-hwan foi então eleito presidente pelo Colégio Eleitoral como candidato único e governou entre 1980 e 1988. No dia após assumir o poder sob lei marcial, houve manifestações estudantis gerais na cidade de Gwangju, durante as quais protestantes foram espancados, torturados, estuprados e mortos. Isso levou a um levante na cidade, que foi violentamente suprimido pelo exército coreano durante os dias seguintes, resultando no massacre de mais de 2.000 civis segundo algumas estimativas. O Levante de Gwangju, como é conhecido, foi um momento decisivo importante na atitude dos sul-coreanos para com os Estados Unidos. O povo – particularmente aqueles que tinham vivido durante a Guerra da Coreia – havia sido quase uniformemente pró-americanos até esse ponto, mas, após o Levante de Gwangju, os americanos passaram a ser vistos como cúmplices nas repressões violentas contra o povo na cidade. Muitos coreanos se sentiram traídos porque o exército americano não interveio após repetidos apelos por ajuda em nome da democracia. As relações da Coreia do Sul com a Coreia do Norte também se deterioraram, e, em 1983, Chun sobreviveu por pouco a uma tentativa de assassinato por agentes norte-coreanos que mataram dezessete integrantes de seu séquito, incluindo membros de seu gabinete, enquanto estava visitando Yangon em Mianmar.

Em 1987, após meses de revoltas violentas, Chun Doo-hwan concordou em renunciar, inesperadamente cumprindo o termo-limite de sete anos que havia sido estabelecido em sua constituição de 1981. Aquele período em 1987-1988 é geralmente citado como a transição pacífica da Coreia para a democracia por meio da primeira eleição democrática, embora dificilmente tenha sido pacífica ou mesmo satisfatória para o público, dadas as revoltas que continuaram após a eleição de Ro Tae Woo. Ro era um ex-general do exército que havia sido escolhido por Chun como seu sucessor e serviria até 1993.

O próximo presidente democraticamente eleito da Coreia, Kim Young-sam, que governou entre 1993 e 1998, organizou uma intensa campanha anticorrupção. Os dois presidentes anteriores – Chun Doo-hwan e Ro Tae-woo – foram condenados por traição, amotinação e corrupção. Em 1995, Ro tentou pedir desculpas públicas preventivas por ter recebido centenas de milhões de dólares em doações políticas secretas durante seu período como presidente, mas ainda assim foi condenado. Juntos, Ro e Chun foram multados em 400 milhões de dólares. Ro recebeu uma sentença de 22,5 anos (mais tarde comutada para 17 anos). Chun foi sentenciado à morte por enforcamento, porém, mais tarde essa sentença foi comutada para prisão perpétua. Ele pagou apenas parte de sua multa, afirmando famosamente: "Tenho apenas 290 mil wons em meu nome". Chun seguiu a antiga tradição de exílio interno e passou dois anos em um templo budista, vivendo em um quarto pequeno e sem aquecimento com sua esposa.

Durante a administração de Kim Young-sam, o governo também instituiu uma forte campanha de internacionalização – denominada *segyehwa* –, que, infelizmente, foi ofuscada pelos julgamentos de seus predecessores. Em dezembro de 1997, sob orientação do presidente eleito Kim Dae-jung, Kim Young-sam perdoou Chun e Ro em nome da reconciliação nacional.

Kim Dae-jung havia sobrevivido anteriormente a uma tentativa de assassinato de Park Chung-hee e fora raptado e torturado pela KCIA. Também foi aprisionado e sentenciado à morte por Chun por alegadamente fomentar o Levante de Gwangju, e tanto Chun como Ro haviam tentado mandar matá-lo. E, ainda assim, quando Kim se tornou presidente em 1998, convidou os dois desacreditados ex-presidentes à Casa Azul (a "Casa Branca" da Coreia do Sul) para lhes pedir conselho sobre assuntos políticos. Kim ganhou o Prêmio Nobel da Paz em 2000 por implementar a Política Raio de Sol, melhorando, com isso, as relações políticas e econômicas com a Coreia do Norte que haviam se tornado cada vez mais voláteis. Ironicamente, o nome da política vem de "O vento norte e o sol", uma fábula de Esopo na qual os dois competem para ver quem é mais forte. Na história, o calor afável do sol derrota o frio duro do vento norte, e o nome escolhido por Kim implica que a Coreia do Sul é o sol e a Coreia do Norte é o vento norte, criticando, implicitamente, a visão norte-coreana segundo a qual seu líder eterno, Kim Il-sung, é o sol.

O que expusemos acima é apenas parte da história política da Coreia do Sul após a Guerra da Coreia em uma península já dividida, após ter emergido de um período de cerca de meio século sob o jugo da colonização e tentativa de erradicação cultural dos japoneses. Pega entre superpotências vizinhas – uma condição que outrora lhe valeu a denominação de "um camarão entre baleias" –, a Coreia já apresentava muitos conflitos internos mesmo diante da necessidade de lidar com interesses e influências estrangeiras. Dificilmente o país parecia capaz de se tornar superpotência global; mas se tornou, e as evidências podem ser vistas no fenômeno do *hallyu*.

A ONDA K: O *HALLYU* NA TELA

Hallyu, escrito *hanryu* (한류 /韓流), é um termo cunhado originalmente pela mídia chinesa. Significa, literalmente, "fluxo coreano", referindo-se ao fluxo de mídia coreana na China. O termo rapidamente se tornou popular, e passou a referir de um modo mais geral ao que é agora chamado a "onda coreana" ou "onda k" – o fenômeno da cultura pop sul-coreana e sua popularidade global massiva.

De acordo com estudiosos coreanos, o fenômeno *hallyu* tem sua origem no começo da década de 1990, quando o diretor do Serviço de Informações Estrangeiras infiltrou videoteipes do drama televisivo *What is love* [O que é o amor] no consulado coreano em Hong Kong em uma valise diplomática. O programa foi transmitido em Hong Kong e no continente chinês, atingindo mais de 50 milhões de telespectadores, e se tornou rapidamente tão popular que ruas das cidades esvaziavam nas noites em que era televisionado.

Em apenas alguns anos, dramas televisivos coreanos estavam sendo transmitidos nas Filipinas, Vietnã, Malásia, Taiwan e Japão, antes de se difundirem para Europa, sul da Ásia, Oriente Médio e América Latina, incluindo Cuba. Há uma longa lista de K-dramas populares, que podem ser representados pelas qualidades de *Winter sonata* [Sonata de inverno] (2002) o primeiro sucesso coreano no Japão, que propeliu seu protagonista, Bae Yong-joon, a uma tal fama que o primeiro-ministro japonês prometeu, em sua candidatura para reeleição em 2004, que se esforçaria para ser tão popular quanto a estrela coreana. (Quando Bae Yong-joon visitou o Japão naquele ano, 350 policiais foram posicionados no aeroporto para o proteger da multidão de mais de 3.000 mulheres que vieram para recepcioná-lo.)

Sonata de inverno é uma novela romântica sobre a retomada de um romance inocente de infância, que mostra o tropo clássico da amnésia, um melodrama com ênfase nos temas de nostalgia, coração partido e recuperação. Seu protagonista é um jovem brilhante que também é introvertido, socialmente inábil e emocionalmente sensível, tornando-o atraente particularmente às mulheres asiáticas. *Sonata de inverno* não foi um sucesso apenas como programa de TV, mas foi também responsável por criar uma tendência de moda na Ásia inteira e um surto de turismo na Coreia, responsável por um ingresso de 27 bilhões de dólares na receita total.

Esses dois primeiros sucessos retratavam valores conflitantes nos tempos contemporâneos – um tema que repercutia em todos os telespectadores à margem do Pacífico. *O que é o amor* apresenta duas famílias multigeracionais, uma conservadora e outra progressista, acompanhando o drama em suas vidas ao longo de 52 episódios. As tramas destacam o dilema de manter valores confucianos tradicionais enquanto se lida com as pressões do capitalismo global e sua exigência constante por *status* e sucesso. Do mesmo modo, *Sonata de inverno* inverte o ideal típico do homem confucionista, tornando seu protagonista especialmente atraente às mulheres de meia-idade, que sofreram muito sob o duplo fardo do patriarcado confuciano e da rápida modernização.

Os K-dramas e filmes que seguiram se expandiram em praticamente todos os gêneroa: zumbis (*Train to Busan* [Trem para Busan], 2016), monstros (*The host* [O anfitrião], 2006), vampiros (*Thirst* [Sede], 2009), ficção científica (*O expresso do amanhã* (*Snowpiercer*), 2013), ação (*The Man from Nowhere* [O homem de nenhum lugar], 2010), *western* asiático (*The good, the bad, the weird* [O bom, o mau, o estranho], 2008), horror (*The wailing* [O lamento], 2016), e refilmagens bem-sucedidas como *The villainess* [A vilã] (2017), que amplia a ação e cinematografia do filme francês *La femme Nikita* (1990) a um grau frenético. A qualidade do cinema coreano tem melhorado constantemente em redação e valores de produção, acompanhando e por vezes ultrapassando a concorrência internacional.

Em anos recentes, é impossível não notar a proeminência global do cinema coreano. Em 2019, *Parasite* [Parasita], de Bong Joon-ho, que seguiu seus sucessos com *The host* [O anfitrião] e *Snowpiercer* [O expresso do amanhã], não foi só o primeiro filme coreano a vencer a Palma de Ouro em Cannes, mas também teve a honra sem precedentes de vencer como melhor filme, direção, roteiro original e longa-metragem internacional no 92º American Academy Awards. Foi o primeiro filme de língua estrangeira a ganhar um Oscar por melhor filme. *Parasita* teve reexibições importantes e um sucesso comercial que a Associated Express chamou o maior "efeito Oscar" desde que *Gladiator* venceu como melhor filme em 2001.

Os temas centrais de *Parasita* – estratificação social, pobreza, exploração dos pobres, arrogância dos ricos e liberação explosiva do ressentimento social – estão em sintonia com as audiências ao redor do mundo porque tratam de preocupações universais na sociedade moderna. Esses temas também são tratados, embora de um modo mais pungente e contido, com um tom mais psicológico do que alegórico, em *Burning* (2018), de Lee Chang-dong, que venceu o prêmio do Fipresci International Critics em Cannes no ano anterior. Os filmes de Bong e Lee serviram como os precursores de um fenômeno internacional ainda maior, a série televisiva em nove episódios de Hwang Dong-hyuk *Squid game* [O jogo da lula], uma colagem brilhante de sátira midiática, nostalgia e crítica social profunda realizada ironicamente por meio do mesmo meio que critica.

O jogo da lula foi o programa mais assistido de todos os tempos da Netflix em 94 países em 2021. Parte de seu apelo quase universal veio do fato de tratar do desespero financeiro, sofrimento e nostalgia por um passado idealizado – características que criticam o capitalismo contemporâneo. Para os coreanos, a história era especialmente pungente porque se baseava em memórias de antigos jogos de infância, muitos dos quais se tornaram obscuros, substituídos por *videogames* após o influxo da tecnologia e da rápida urbanização. O fato de essas imagens terem sido distorcidas em competições sádicas e letais, que exploram o desespero financeiro e a ganância, tocou num ponto nacional delicado. *O jogo da lula* era alegórico, por um lado, mas também muito realista, e seu sucesso espetacular internacional só reiterou o quando as condições sociais e econômicas atuais da Coreia do Sul estavam em sintonia com o resto do mundo.

Todos esses filmes e programas de TV podem ser vistos como um exemplo da inclinação coreana para o sincretismo e da habilidade da cultura para assimilar e adaptar influências estrangeiras. Os coreanos têm sido cinéfilos desde a era colonial japonesa, e salas de cinemas surgiram em todo o país nos anos pós-guerra. Começaram a mostrar filmes estrangeiros legendados, muitos dos quais vieram com o exército americano, e mesmo com a censura governamental de filmes estrangeiros, os coreanos foram expostos a um fluxo

Pintura da era Joseon de um grupo de homens jogando o jogo de estratégia *baduk*, também conhecido como go.

constante de cultura popular americana e europeia. Filmes de gênero como *westerns* espaguetes, filmes de horror, de monstros americanos, de vampiros (particularmente, os filmes britânicos da Hammer estrelando Christopher Lee), Musicais da MGM e filmes de James Bond, e, por fim, um fluxo constante de sucessos de bilheteria hollywoodianos, dominavam as telas coreanas e traziam a maior parte da receita. Isso foi visto como um problema econômico e cultural mesmo antes de termos com "imperialismo cultural" passassem a ser usados para definir a incursão de conteúdo estrangeiro – e especialmente americano – em outros meios populares como a música e televisão. Remediar esse problema, que concernia igualmente a artistas, acadêmicos e governo (particularmente seguindo as mudanças no clima político da Coreia após o Levante de Gwangju em meados da década de 1980), foi uma das forças motivadoras subjacentes por trás do que terminou se tornando o fenômeno *hallyu*. Os coreanos sentiam que não deveriam mais ser apenas recipientes de influências culturais externas, mas os criadores de sua cultura.

Com a onda K, a Coreia transformou o tema da produção cultural em um ciclo de retorno mais complexo. Sua expressão de "poder suave" levou a acusações de imperialismo cultural por outros países. Mas o sucesso global do cinema coreano também pode ser visto como uma demonstração da habilidade coreana única para imbuir seus dramas com suas tradições, que se tornou ainda mais poderosa pelo sentido profundamente ressonante de *han*.

Han (한/恨) é um conceito complexo e nuançado na cultura coreana, descrito, muitas vezes, como uma mistura de tristeza, ressentimento, pesar, arrependimento e raiva que se acumula ao longo do tempo e é transmitida através das gerações. Não é apenas uma emoção efêmera, mas considerada um peso duradouro carregado nos corações do povo coreano. Considera-se que aqueles que morrem com o fardo de seu *han* não aliviado se tornam fantasmas infelizes. *Han* é descrito como uma emoção pesada, não resolvida e persistente, que não é fácil de expressar ou aliviar. Pode ser pessoal,

A Coreia chega a Cannes

O Festival de Cinema de Cannes, fundado em 1946 e realizado anualmente na primavera, é considerado o evento de cinema mais prestigioso do mundo. Não é apenas um frenesi midiático glamoroso, mas também uma competição altamente seletiva, supervisionada por um júri exigente que enfatiza o mérito artístico. Alguns dos filmes mais icônicos de todos os tempos estrearam nesse festival – ser meramente selecionado por Cannes pode ser um evento transformador da carreira de um cineasta. O festival também recebe o Marché du Film, o maior mercado de filmes do mundo, no qual distribuidores compram e vendem filmes, e, assim, o reconhecimento em Cannes é uma honra que não só pode prover publicidade global, mas também se mostrar financeiramente lucrativo.

A Coreia não ganhou reconhecimento importante de Cannes até o século XXI, quando o *hallyu* se tornou a força competitiva que permanece sendo até hoje.

2002 – O 98º filme de Im Kwon-taek, *Painted fire* [Fogo pintado], é covencedor por melhor direção – o primeiro filme coreano a vencer um prêmio em Cannes.

2004 – O filme violento de vingança de Park Chan-wook, *Oldboy* [Velho amigo], vence o Grand Prix.

2007 – Jeon Do-yeon vence o prêmio de melhor atriz no filme de Lee Chang-dong, *Secret sunshine* [Sol secreto]. Ela é a segunda atriz asiática a receber o prêmio.

2010 – *Poetry* [Poesia], de Lee Chang-dong, vence melhor roteiro e *Hahaha* de Hong Sang-soo vence o Prêmio Un Certain Regard.

2011 – O documentário de Kim Ki-duk, *Arirang*, é covencedor do Prêmio Un Certain Regard.

2013 – O curta de Moon Byoung-gon, *Safe* [Seguro], vence a Palma de Ouro.

2018 – *Burning*, de Lee Chang-dong, vence o prêmio dos Fipresci International Critics.

2019 – *Parasite* [Parasita], de Bong Joon-ho, vence o Grand Prix por decisão unânime.

2022 – Park Chan-wook vence melhor direção para *Decision to Leave* [Decisão de partir] e Song Kang-ho vence melhor ator (o terceiro ator asiático a receber o prêmio) por seu papel em *Broker*, um filme coreano dirigido pelo diretor japonês Hirokazu Kore-eda.

focando as experiências individuais de perda e sofrimento, ou coletiva, refletindo a história compartilhada de dor e trauma experienciada pelo povo coreano. Pode se manifestar de várias formas, de resignação melancólica a feroz indignação, depressão profunda a raiva violenta, ou como um anseio ou uma luta para encontrar justiça após ser injustiçado. O próprio termo raramente aparece na literatura coreana clássica, mas dada a história turbulenta da Coreia, marcada por repetidas invasões estrangeiras, colonização, conflitos internos, conflitos de classes e legado da Guerra da Coreia, não admira que a ideia de *han* pareça ser um legado cultural transmitido desde tempos antigos.

O conceito de *han* é expresso na literatura, música, arte e cinema coreanos. Em dramas televisivos contemporâneos, é muitas vezes um tema subjacente ou uma motivação que impele a trama (mais explicitamente em histórias de fantasmas e de horror) e comunica um tom especialmente pungente e trágico. Muitas vezes é também retroativamente injetado em versões de histórias populares antigas a fim de destacar temas trágicos. Por exemplo, em versões modernas da história de Arang, quem conta pode enfatizar o fato de que a solução de seu assassinato aliviou seu *han* e permitiu que seu fantasma se dirigisse ao além-mundo.

Talvez, o melhor exemplo da habilidade de cineastas coreanos para entremear influências globais com suas tradições culturais seja um filme menos conhecido de 2003, o frenético meta-gênero-híbrido de Jang Joon, *Save the green planet!* [Salve o planeta verde!]. Seu filme ganhou o prêmio do Film Award coreano de melhor direção e o prêmio de Best of Puchon no Puchon International Fantastic Film Festival, assim como melhor filme e melhor diretor no Busan Film Critics Awards – todos na Coreia. Todavia, *Salve o planeta verde!* foi um desastre total de bilheteria, com retornos inicias de menos de 16 mil dólares de seu orçamento de produção de 3 milhões. Alguns chegaram a dizer que Jang não deveria ter lançado o filme em 4 de abril (4/4), uma data ominosa constituída de dois números 4 (sa/사),

O mito de *han*

Nos dias atuais, *han* é geralmente considerado um elemento do caráter nacional coreano, a ponto de alguns não coreanos acreditarem que o nome para Coreia, *Hanguk*, signifique "Nação de Han". O *han* em *Hanguk* (韓) é, na verdade, um caractere nominal que se refere à nação coreana após a queda de Joseon. A compreensão atual de *han*, de fato, não se tornou predominante até a era colonial japonesa, e foram intelectuais e escritores daquele período que formaram o conceito do que é agora, talvez como uma resposta às tentativas do Japão de erradicar a identidade coreana. Quando é usado em textos coreanos antigos, tende a ser associado a pesar ou perda pessoal em vez do ressentimento acumulado e do peso histórico coletivo associado ao conceito contemporâneo. Alguns estudiosos argumentam que a ideia contemporânea de *han* é uma "tradição inventada", mas a tradição é um fenômeno em constante evolução e é mais acurado dizer que *han* evoluiu ao longo do tempo se adequando às condições históricas.

que soa como "morte" em coreano. Mas o problema central provavelmente foi que os *posters* e a promoção do filme o fizeram parecer uma comédia romântica, e as audiências iniciais ficaram surpresas, perplexas, horrorizadas e desapontadas, não apreciando sua profundidade e complexidade.

Salve o planeta verde! é um filme verdadeiramente internacional, e suas muitas camadas de sentido praticamente requerem uma graduação em estudos cinematográficos para serem decifradas. Em entrevistas, Jang mencionou duas influências principais: a adaptação para o cinema do romance de Stephen King, *Misery* [Louca obsessão] (1987), e o rumor internético de que Leonardo DiCaprio era um alienígena. Esses subtextos são aparentes no filme, mas é também uma sequência contínua de alusões, tanto sutis como óbvias, a influências estrangeiras e ao efeito doméstico de influências estrangeiras. O que segue é somente uma pequena seleção do mais aparente.

O tema musical da abertura é "Somewhere over the rainbow" [Em algum lugar além do arco-íris], uma referência ao clássico em tecnicolor *The wizard of Oz* [O mágico de Oz] (1939). A fita cassete é inserida em um sistema de som de um carro, o que evoca a perseguição de carro no *thriller* de 1985 de Luc Bęsson, *Subway*. O alienígena suspeito no filme é mantido em cativeiro em uma sala abarrotada num porão, reminiscente de uma cena do épico de ficção científica de 1982 de Ridley Scott, *Blade runner*. O protagonista é um apicultor, em referência a Sherlock Holmes. A namorada equilibrista do protagonista é uma alusão ao drama-comédia franco-italiano *Rei de copas* (1966), e seu cão é uma alusão a Toto, uma vez mais de *O mágico de Oz*. Há um detetive desarrumado e excêntrico evocando Columbo, e quando o rapto é resolvido vemos uma montagem que contém referências a *The usual suspects* [Os suspeitos] (1995), de Brian Singer, e *2001: A space odyssey* [2001: Uma odisseia no espaço] (1968), de Stanley Kubrick. O fim apocalíptico do filme evoca *The Hitchhiker's Guide to the Galaxy* [O Guia do Mochileiro das Galáxias] (2005), *Dark star* [Estrela negra] (1974), de John Carpenter, e os alienígenas babões de *Os Simpsons*. E, ainda assim, *Salve o planeta verde!* é um filme profundamente sentimental e político que mostra o legado da violenta repressão do governo coreano aos protestos de trabalhadores na década de 1980 e as consequências da exploração dos trabalhadores pelas potências corporativas da Coreia – com essas alusões sendo evidentes a todos na audiência coreana. O filme é ultraviolento e satírico por vezes, e a própria história não tem conclusão até o fim, quando um televisor quebrado aparece nos pungentes créditos finais.

Salve o planeta verde! é um filme cuja origem está na expressão de *han*, que também representa seu drama através de uma série de incursões estrangeiras – a maioria delas não detectada pelos espectadores coreanos típicos – e oferece uma crítica profunda da economia, política e cultura coreanas, estendendo essa mensagem ao mundo inteiro. Nesse sentido, o filme de Jang compartilha as qualidades da literatura coreana clássica, que costumava ser escrita em chinês com alusões sobrepostas aos clássicos chineses e, assim, só podia ser apreciada pela elite educada. A despeito de seu fracasso nacional de bilheteria, *Salve o planeta verde!* desenvolveu um séquito internacional de fãs e pode vir a se tornar um duradouro sucesso tardio do fenômeno *hallyu*.

O *hallyu* também produziu o que parece ser um fluxo contínuo de filmes e séries televisivas mais acessíveis que destacam a história, mitologia e tradição popular coreanas. O apelo contínuo da figura raposa-demônio do folclore pode ser visto não apenas nas séries de fantasia como *Hometown legends* [Lendas da cidade natal] (2008), mas também em comédias românticas como *My Girlfriend is a Gumiho* [Minha namorada é uma *gumiho*] (2010), e o drama *Tale of the nine tailed* [A lenda do nove caudas] (2010). Filmes históricos épicos como *The fortress* [A fortaleza] (2017) parecem ter se fundido ao gênero zumbi importado para criar séries internacionalmente populares na Netflix como *Kingdom* [Reino] (2019), no qual zumbis são transpostos para a era Joseon. O filme de sucesso americano *The Sixth Sense* [O sexto sentido] (1999) parece ter inspirado inúmeros dramas televisivos nos quais detetives, policiais e outros "veem pessoas mortas", embora usualmente de um modo tragicômico coreano; e alusões aos infernos taoistas/budistas, especialmente atrativas às audiências chinesas, fazem sua aparição em filmes como *Together with God: Sin and Punishment* (Junto a Deus: Pecado e punição) (2017).

O *hallyu*, particularmente após a Covid, serviu para aumentar e diversificar a audiência na Coreia, e algumas séries televisivas aproveitaram a oportunidade para educar tanto a audiência interna como a estrangeira sobre a história e cultura coreanas. *Secret Royal Inspector & Joy* [O inspetor real secreto & Joy] (2001), por exemplo, faz uso regular de notas de rodapé na tela para explicar termos e costumes arcaicos mesmo quando faz alusões a influências estrangeiras – o primeiro episódio usa um tema musical reminiscente de um

Reimaginando o passado

Um dos melhores exemplos de mitificação contemporânea na Coreia é a transformação de valores de produção em filmes e dramas televisivos históricos. Desde os anos após a Guerra da Coreia até o fim da década de 1970, filmes históricos tendiam a se basear em cenários existentes e figurinos baratos. O resultado era que o drama histórico típico parecia barato e pobre, com um mínimo de cultura material no pano de fundo. Essa pobreza era exacerbada pelo fato de que grande parte da paisagem da Coreia, particularmente florestas, ainda estava se recuperando da devastação provocada pelos bombardeios durante os anos de guerra. O resultado era que, na imaginação dos coreanos, o passado da Coreia era meio lúgubre.

Após os anos do "milagre econômico", quando a Coreia se aproximava do século XXI, estúdios coreanos puderam dedicar orçamentos maiores, bem como melhor tecnologia para a produção de filmes. Isso resultou em melhores valores de produção que permitiram descrições de um passado mais vívido e épico. Para os coreanos contemporâneos, aquelas representações históricas antigas pareciam empobrecidas e não se sustentavam diante das visões recém-imaginadas da história mais opulenta da Coreia, mesmo quando as próprias narrativas pudessem ser trágicas.

western espaguete, destacando e zombando do fato de que o inspetor real secreto usa um chapéu preto de crina de cavalo (o tradicional *gat*) como se fosse um pistoleiro. Esse tipo de humor internacional autoconsciente também aparece em programas como a comédia dramática de detetive *Behind your touch* (2023). Seu título original era *Hiphagae*, ou, literalmente, "quadrilmente" (*hiply*), referindo-se à protagonista, uma veterinária que pode se comunicar com animais de estimação segurando seus quadris. Um dos outros personagens no programa é um xamã caracterizado como queer que é possuído pelo espírito do "grande general" – não o espírito tradicional coreano, mas o comandante militar americano Douglas MacArthur, que desempenhou um papel importante no cenário do Pacífico da Segunda Guerra

Mundial e é muitas vezes caracterizado como salvador da Coreia. O apelido do xamã é "Cinco Estrelas", que alude não somente às "cinco estrelas" familiares nos santuários xamãs, mas também ao número de estrelas no ranque militar de MacArthur.

Dois homens vestindo o tradicional *gat*, um chapéu leve tecido com pelo de cavalo.

A DIPLOMACIA *HALLYU*

Uma das funções inesperadas do drama e do cinema K é seu papel na diplomacia sul-coreana. Para espectadores estrangeiros isso pode parecer simplesmente o produto de criatividade e *marketing*, porque filmes e programas televisivos com temas norte-sul tendem a ser populares. Mas a influência do governo não deve ser negligenciada. A política oficial sul-coreana com relação à Coreia do Norte passou por uma mudança radical em décadas recentes. Desde o pós-Guerra da Coreia até o fim da administração do General Chun Doo-hwan em 1988, manuais escolares sul-coreanos estavam cheios de propaganda anticomunista com descrições uniformemente negativas do norte. Mas, após a democratização, a atitude governamental, não mais dominada por uma cultura militarista de Guerra Fria, tornou-se marcadamente mais favorável em suas representações da Coreia do Norte.

Por exemplo, refugiados da Coreia do Norte, outrora chamados "desertores", são agora chamados "emigrados". Manuais do ensino fundamental e médio não enfatizam mais uma ameaça iminente de invasão por parte da Coreia do Norte. Há uma desconstrução concertada da própria propaganda e criação de mitos da Coreia do Norte, mas há também um escrutínio intenso das representações midiáticas da Coreia do Norte vindo de fontes estrangeiras. A ameaça nuclear representada pela Coreia do Norte é inegavelmente real, como demonstra regulamente Kim Jong-un, mas as transações da Coreia do Sul com o norte se tornaram mais nuançadas. Essa mudança de atitude resultou em novos estereótipos positivos dos norte-coreanos, expressos em filmes e dramas televisivos que mostram cooperação e simpatia entre norte e sul, de filmes com temática militar e de espionagem a comédias românticas.

O primeiro filme proeminente nessa categoria foi o romance *thriller* trágico intitulado *Shiri* (1999) no lançamento internacional, que foca uma assassina norte-coreana e um investigador sul-coreano. Na época de seu lançamento, *Shiri* teve o orçamento de produção mais alto da história do cinema sul-coreano e quebrou os recordes nacionais de bilheteria, tornando-se também um filme de grande audiência em Hong Kong. O título do filme – *Swiri* (쉬리) em coreano – simboliza a relação complexa entre norte e sul. Uma *swiri* (*Coreoleuciscus splendidus*, ou "dança coreana esplêndida") é uma espécie de peixe encontrado nos rios de ambas as partes da península, que não sabe se nada em águas comunistas ou democráticas.

Em 2000, *JSA: Joint security area* [ASC: Área de Segurança Conjunta], dirigido por Park Chan-wook (que mais tarde adquiriria fama internacional com *Oldboy*), tornou-se o filme de maior bilheteria na história coreana. *ASC* é uma história militar sobre uma investigação bilateral do assassinato de dois soldados norte-coreanos na Área de Segurança Conjunta, e trata de problemas políticos e morais que permeiam a tragédia de soldados norte e sul-coreanos que se tornam amigos na ZDM.

ASC foi seguido de muitos outros filmes e séries televisivas: *Spy girl* [Spy girl: segredos] (2004), uma *Shiri* leve; *Iris* (2009), uma sequência de *Shiri*; *Confidential assignment* [Missão secreta] (2017), um filme sobre uma dupla de policiais no qual o norte-coreano é um modelo de virtude e competência enquanto o sul-coreano representa o alívio cômico; *Secretly greatly* [Secretamente, grandemente] (2013), uma "comédia dramática de ação" na qual três agentes dormentes vão disfarçados para o sul como uma banda de *rock*, um aluno de ensino médio e um idiota da aldeia; *Red family* [Família vermelha] (2013), um filme mais sério sobre agentes dormentes cuja missão é matar desertores norte-coreanos (dirigido por Kim Ki-duk, que venceu o Prêmio Un Certain Regard em Cannes em 2011 por seu documentário *Arirang*); *Steel rain* [Chuva de aço] (2017), um *thriller* ousado no qual sul-coreanos ajudam a evitar um golpe de Estado no norte, resgatam o líder supremo e o devolvem ao poder em troca de metade de seu arsenal nuclear; *Crash landing on you* [Pousando no amor] (2019), uma série de comédia romântica que aplica um tema Romeu & Julieta a uma CEO sul-coreana e a um capitão do exército do norte-coreano que é de uma família da elite; e *Confidential assignment 2* [Missão secreta 2], dessa vez acrescentando um agente do FBI americano-coreano na mistura internacional.

Dos filmes e dramas televisivos acima, que é apenas uma lista selecionada, o mais interessante e inovador quando se trata do tema da diplomacia é *Pousando no amor*. O título coreano original, *Sarangui Bulsichak* (사랑의 불시착) diz, literalmente, "Pouso de emergência do amor". O programa repousa na premissa inusual e absurda de que uma CEO bem-sucedida – prestes a herdar a mega-corporação de seu pai corrupto – poderia se jogar de parapente em um tornado na Coreia do Sul, indo parar na ZDM, onde é então descoberta por um capitão do Exército Popular, cujo esquadrão está patrulhando a região. O capitão a esconde em sua casa, que por acaso está localizada em uma charmosa aldeia norte-coreana espelhada na "Aldeia da Paz". Todavia, a aldeia não é uma mera farsa destinada a comunicar propaganda norte-coreana; em vez disso, termina representando a nostalgia sul-coreana dos "bons velhos tempos" antes que tudo fosse dominado por telefones celulares, internet e bens de consumo ocidentais. A mulher sul-coreana aprende muita coisa sobre as virtudes da comunidade tradicional simples, mesmo que disfarçada de noiva do capitão e sabendo que está em perigo mortal.

Pousando no amor mostra a corrupção tanto das corporações sul-coreanas como do exército norte-coreano, com os vilões de cada lado compartilhando as motivações comuns de dinheiro e poder. Os protagonistas, por outro lado, representam os "bons" aspectos do capitalismo e do comunismo. Ao apresentar uma versão limpa e sanitizada da vida cotidiana norte-coreana aos espectadores sul-coreanos e dramatizando como noções coreanas tradicionais de virtude podem existir mesmo no comunismo, *Pousando no amor* realiza um trabalho notável ao transmitir mensagens políticas implícitas a ambos os lados. Os produtores do programa não apenas se basearam nos emigrados norte-coreanos para detalhes autênticos

Poster do filme de 2000, ASC: *Área de Segurança Conjunta*.

como também sabiam claramente que o programa seria contrabandeado para a Coreia do Norte e seria visto tanto por pessoas da classe privilegiada como das áreas rurais (mesmo arriscando suas vidas).

A AMBIGUIDADE DO K-POP

Outra faceta importante do *hallyu* – e talvez ainda mais proeminente no cenário mundial do que seus filmes e dramas – é o K-pop, com seu exército de ídolos belos e milhões e milhões de fãs adoradores. A transformação do envolvimento internacional com o K-pop foi originada em 2012 por "Gangnam style" de PSY, o primeiro vídeo do YouTube a atingir mais de 1 bilhão de acessos (e mais de 5 bilhões em janeiro de 2024). Mas PSY, com sua combinação de paródia, sátira e humor extravagante, é, na verdade, atípico para o gênero. O artista que melhor representa o estilo atual do K-pop talvez seja Rain, que atingiu proeminência pan-asiática no começo da década de 2000 e terminaria atuando em filmes de Hollywood. Mas a trajetória do K-pop pode ser remontada aos anos empobrecidos do pós-Guerra da Coreia e à emergência de grupos como as Kim Sisters, que começaram suas carreiras se apresentando para os soldados americanos.

As Kim Sisters (uma delas, na verdade, era uma prima adotada) se tornaram regulares em *The Ed Sullivan Show*, o programa de variedades mais duradouro na história, cantando versões de canções conhecidas em seu inglês perceptivelmente acentuado. Sua mãe fora uma cantora coreana conhecida. Seu pai, um compositor que batia nelas se cometessem erros durante suas aulas de música, foi raptado e depois executado na Coreia do Norte. Mais tarde em sua carreira, as Kim Sisters foram acompanhadas pelos Kim Brothers, embora jamais tenham sido tão populares. No mesmo período, a cantora solo mais internacionalmente reconhecida da Coreia foi Patty Kim (Kim Hye-ja), que também começou sua carreira se apresentando para soldados americanos, aparecendo em Las Vegas, no Carnegie Hall e no *The Johnny Carson Show*.

No fim da década de 1980 a Coreia do Sul ainda estava sob um governo opressivo e com sua mídia muito censurada. Embora essas condições sociais e econômicas não levassem ao desenvolvimento de uma tradição musical nacional comparável ao *rock and roll* dos Estados Unidos, bandas inovadoras emergiram, com sua música e apresentações se harmonizando com os movimentos estudantis antigovernamentais do fim da década de 1970 até o fim da década de 1980. A mais proeminente dessas apareceu no começo da década de 1990: Seo Taiji and Boys, um grupo meio semelhante ao Beastie Boys de Nova York. Seo Taiji and Boys se tornou um fenômeno nacional controverso por sua crítica social e por incorporar elementos do *heavy metal* e da cultura *rap* em sua música e *persona* pública. A Seo Taiji fundiu esses sons estrangeiros nas baladas e instrumentos coreanos tradicionais como o tambor de ampulheta e o *piri*, uma flauta de bambu associada à música coreana clássica, aos festivais aldeões e às cerimônias xamânicas. A Seo Taiji se desfez em 1996, mas, na época, haviam familiarizado os coreanos com seu tipo de fusão sincrética de tradições. Os produtores viram a formação de um som pop coreano único, e reconheceram seu apelo internacional potencial. De fato, um dos integrantes da banda, Yang Hyun-suk, fundaria a YG Entertainment, uma das maiores companhias midiáticas da Coreia, estabelecendo uma linha direta entre o sucesso de sua antiga banda e os futuros artistas K-pop. A YG Entertainment produziria "Gangnam style" e também o grupo de garotas e fenômeno global Blackpink.

O K-pop deve muitos de seus sucessos à astúcia de seus produtores, mas como com o cinema e dramas televisivos *hallyu*, também houve um envolvimento inicial de integrantes do governo. A recepção fenomenal de grupos K-pop na França se deveu basicamente ao trabalho promocional de bastidores de Choe Jun-ho, diretor do Centro Cultural Coreano em Paris no começo da década de 2000. Ele conseguiu subsídios do governo coreano e contatou produtores, convencendo finalmente a SM Entertainment a enviar grupos sob sua administração. Ele também coordenou a cobertura da imprensa internacional e organizou eventos de publicidade importantes como o aparecimento de multidões-relâmpago na França exigindo o K-pop – uma multidão-relâmpago dançando diante da pirâmide de vidro no Louvre se tornou manchete internacional. Em abril de 2011, quando os ingressos foram disponibilizados para o terceiro SMTOWN Live World Tour, com a participação de cinco bandas coreanas (Girls' Generation, SHINee, Super Junior, f(x) e TVXQ), esgotaram nos primeiros quinze minutos.

O grupo de nove garotas Twice venceu o *Billboard* Women no Prêmio Music Breakthrough Artist em 2023, mas os líderes globais atuais no K-pop são Blackpink e BTS. Blackpink, o grupo de quatro garotas que debutou em 2016, é tão importante para a nação que o presidente da Coreia do Sul, Moon Jae-in, as elogiou em 2021 por

Detalhe de uma pintura de deidades guardiãs. Templo Suguksa, c. 1795. Esses são músicos tocando instrumentos coreanos tradicionais. A figura do meio está tocando o *janggu*, o tambor de ampulheta.

serem figuras importantes na promoção da cultura coreana no exterior. Mencionou que estavam ajudando a Coreia a se tornar uma "usina cultural" e prometeu futuro apoio governamental para grupos como o delas. Blackpink apareceu na capa da revista *Time* como Entertainers of the Year em 2022, e foram admitidas como MBEs (Members of the Order of the British Empire [Membros da Ordem do Império Britânico]) honorárias pelo Rei Charles III em 2023. São reconhecidas por muitas publicações como o maior grupo de garotas do mundo. A banda de sete garotos BTS (abreviação de Bangtan Boys, ou os Bulletproof Boyscouts [Escoteiros à Prova de Balas]) apareceram na capa da revista *Time* em 2020 e é o grupo musical mais premiado da história coreana. De acordo com o Banco da Coreia, a BTS foi responsável por trazer um acréscimo de 5 bilhões de dólares para a economia sul-coreana em 2021 ao aumentar o turismo e criar um interesse marginal por tudo que é coreano, incluindo a língua. Grupos K-pop como Blackpink e BTS são diretamente responsáveis pelo fenômeno dos "*koreaboos*" – fãs dedicados que mergulham na língua e cultura coreanas para estarem mais próximos de seus ídolos.

O termo "ídolo" (아이돌) – que vem do japonês *idoru*, uma apropriação do inglês *idol* – é apropriado para celebridades K-pop, pois esses artistas não são apenas objetos de culto, mas também, de um certo modo, falsos deuses. Um ídolo adorado por fãs é uma *persona*

Instrumentos coreanos tradicionais, apresentados da esquerda para a direita: um *bhuk*, um *gayageum*, um *janggu* e um *kkwaenggwari*.

cuidadosamente construída e administrada na qual uma companhia de produção investiu milhões de dólares durante a vigência de seu rigoroso contrato, que pode ser de até treze anos. Tudo sobre ídolos pop coreanos, de seu peso aos seus guarda-roupas estilosos, compleições imaculadas e personalidades virtuosas, é monitorado e controlado de modo a encorajar a criação de relações parassociais, uma fonte última de receitas. Administradores e produtores musicais coreanos são geralmente homens que serviram ao exército, e não surpreende que o regime de treinamento das estrelas do K-pop envolva disciplina dura que se aplica a praticamente todo aspecto de suas vidas. O desgaste mental e físico sofrido por ídolos do K-pop, que leva a colapsos físicos por exaustão no palco e mesmo, em numerosos casos ilustres, ao suicídio, são as consequências de manter o mito do K-pop.

O MITO DA BELEZA K

Um dos resultados diretos do fenômeno onda K é o fato de a Coreia do Sul ser atualmente o destino número um do mundo para "turismo médico". A área de Gangnam de Seul – famosa pelo PSY – é sede de centenas de clínicas especializadas em cirurgia cosmética, todas localizadas em cerca de 2 quilômetros quadrados. Desde 2021, o turismo médico trouxe mais de três milhões de visitantes ao país. É um grande incentivo à economia da Coreia do Sul, e é supervisionada pelo Ministério da Cultura, Esportes e Turismo, que divulga avisos com relação à "cirurgia fantasma", na qual um procedimento é realizado por médicos desqualificados ou não licenciados em vez daqueles que entrevistaram os pacientes. A despeito dessa prática descontrolada, a indústria está prosperando, com uma demanda dirigida por imagens de celebridades coreanas que se tornaram proeminentes pela Onda K. Ironicamente, dois grandes escândalos midiáticos contribuíram muito para esse turismo, reforçando o mito de que os médicos coreanos poderiam fazer literalmente qualquer pessoa se parecer com uma estrela K-pop ou uma vencedora de concurso de beleza em vez de expor os riscos da cirurgia plástica.

O concurso Miss Coreia 2012 provocou um furor quando foi revelado que a vencedora, Kim Yu-mi, havia se submetido a uma cirurgia plástica. Fotos dela "antes" e "depois" da cirurgia mostrando o quanto seus traços faciais haviam mudado – violando sua privacidade – foram proeminentemente postadas online. Isso originou uma grande controvérsia, com acusações de que ela havia trapaceado porque a cirurgia lhe dera uma vantagem injusta (a despeito do fato de que muitas outras concorrentes também terem feito procedimentos cosméticos). Kim admitiu ter feito cirurgia, mas afirmou não ter enganado pessoa alguma e que sua "beleza interior" também deveria ser considerada. A opinião pública ficou dividida, e, embora a controvérsia tivesse contribuído para a discussão internacional com relação aos padrões irreais para a beleza feminina – destacando o extremo dessas pressões na Coreia –, parece apenas ter ampliado o problema.

Uma década depois, o concurso Miss Coreia uma vez mais provocou um escândalo internacional, dessa vez por suas finalistas de "aspecto homogêneo". Tanto críticos como fãs mencionaram que

A embalagem de *Bakgabun*, o primeiro item cosmético produzido em massa na Coreia e o mais vendido entre 1915 e 1930.

todas as finalistas de 2022 haviam se submetido a cirurgia plástica para se conformarem a um tipo de face "ideal". Muitos espectadores disseram que a vencedora e as finalistas eram praticamente indistinguíveis, e, assim como em 2012, imagens de "antes" das concorrentes foram localizadas e postadas na internet. Embora o escândalo de 2022 tenha se tornado um certo embaraço nacional, também serviu como um anúncio para a habilidade dos cirurgiões plásticos coreanos e contribuiu para um aumento no turismo médico após o repentino declínio provocado pelos anos da Covid.

Os dois escândalos dos concursos mostram a profunda ressonância da cultura confuciana coreana, em particular, o fardo opressivo sobre as mulheres criado pelos ideais confucianos e exacerbado pela influência da mídia ocidental. O mito segundo o qual beleza e virtude andam juntas já está perpetuado pelas histórias populares e pela literatura, como nas histórias de Shimcheong e Chunhyang, e ampliado ainda por uma crença cultural subjacente na fisionomia – considera-se que certas proporções e formas faciais revelam traços de caráter como inteligência, honestidade, lealdade e compaixão, mas quando esses padrões são depois combinados aos ideais midiáticos ocidentais, o resultado pode ser uma face cuja aparência não é natural e, talvez, até mesmo estranha. De fato, a face "ideal" coreana agora é a "oval", o que está ironicamente em sintonia com a figura aterradora do ovo fantasma.

A pressão para ser atraente a fim de vencer na vida e o preconceito dirigido àqueles considerados não atraentes é chamado "aspectismo" (*lookism*), que por acaso também é o título de um webtoon popular coreano publicado em 2014. O fato de que a cirurgia plástica também levar a intensos escrutínios e críticas, violação da privacidade e exposição a situações de perigo indesejados é outra forma de opressão que as mulheres sofrem na sociedade contemporânea coreana. As meninas de famílias afluentes coreanas muitas vezes enfrentam intensa pressão para se conformarem a esses padrões irrealistas, e em anos recentes se tornou comum para meninas ganharem uma cirurgia plástica como presente de formatura no ensino médio e mesmo no fundamental. Também se tornou uma prática comum contratar um serviço de investigação para localizar a aparência pré--cirurgia de uma esposa potencial (com a racionalização de ser um modo de antecipar a aparência de seus filhos). A influência da mídia doméstica e de empresas de cosméticos, e, especialmente, de dramas televisivos, é tão grande que mesmo alguns homens de meia-idade começaram a usar maquiagem e a passar por cirurgia plástica e esfoliações químicas.

O *HALLYU* NA LITERATURA

Foi somente em 2011, quando a tradução para o inglês de *Please look after mom* [Por favor, cuide da mãe], de Shin Kyung-sook, entrou na lista dos mais lidos do *The New York Times*, que a literatura coreana pôde passar a ser considerada parte do fenômeno *hallyu*. O romance, que vendeu mais de um milhão de cópias na Coreia durante o primeiro ano de sua publicação em 2009 e venceu o Man Asia Literary Prize em 2011, trata de temas pungentes e de problemas sociais contemporâneos, ou seja, a dissolução da extensa estrutura familiar confuciana e as dificuldades das pessoas idosas. O romance tocou profundamente os leitores coreanos, que regularmente tomavam conhecimento de novas histórias sobre pessoas idosas com demência sendo abandonadas por suas famílias. Escrito sob a perspectiva de múltiplos membros familiares, *Por favor, cuide da mãe* examina as repercussões de um acidente trágico: um pai idoso se perde de sua esposa, que sofre de Alzheimer, em uma estação de metrô. Ela jamais é encontrada. A tradução ao inglês foi lançada no Dia das Mães nos Estados Unidos, uma jogada de *marketing* que serviu para ressaltar seus temas entre os americanos, que também vivem sua crise com os idosos.

Cinco anos depois, o romance de Han Kang, *The vegetarian* [A vegetariana] – publicado originalmente na Coreia em 2007 e então na tradução ao inglês em 2015 no Reino Unido e em 2016

A onda K no *The New Yorker*

O *The New Yorker* é considerado o foro literário mais prestigioso dos Estados Unidos, tendo nutrido gerações de grandes escritores. A dedicação da revista à excelência foi moldada na cultura americana no século passado, e 2006 viu a publicação das primeiras obras literárias coreanas no *The New Yorker*: quatro poemas de Ko Un, um poeta budista que foi preso várias vezes por seu ativismo pró-democracia e foi a grande esperança da Coreia para o Prêmio Nobel até ter sido desacreditado devido a acusações que emergiram do movimento #MeToo.

Até 2023 o *The New Yorker* havia publicado quatro obras de ficção de escritores coreanos importantes: *An anonymous island* [Uma ilha anônima] (2011), de Yi Mun-yol, contada do ponto de vista da jovem esposa, expondo a hipocrisia da preocupação confuciana com linhagens puras; *Caring for plants* [Cuidando de plantas] (2017), de Pyun Hye-young, uma história sombria sobre a vingança de uma mãe contra seu genro, que foi responsável pela morte de sua filha; *The middle voice* [A voz intermediária] (2023), de Hang Kang, que discute o problema do gênero, da língua e da identidade; e *Snowy day* [Dia de neve], de Lee chang-dong, diretor de *Burning* e outros filmes aclamados internacionalmente, que dramatiza a morte trágica de um jovem soldado sul-coreano próximo à ZDM.

nos Estados Unidos –, venceu o Man Booker International Prize, e também entrou na lista dos melhores livros da revista *Time*. Como o romance de Shin, é escrito sob perspectivas múltiplas e explora temas sombrios; nesse caso, a identidade das mulheres diante do opressivo patriarcado confuciano e da tendência à violência no tratamento que os coreanos dispensam às mulheres. Também está profundamente em sintonia com o público leitor internacional e foi traduzido para 23 idiomas.

Bandi: a voz oculta da Coreia do Norte

Bandi (반디) é um pseudônimo que significa "vagalume". Como qualquer informação que pudesse revelar sua identidade resultaria em sua execução e no encarceramento de seus familiares em campos de prisão, o que segue da introdução de *The red years* [Os anos vermelhos] – fornecida por Do Hee-yun, representante da Citizen's Coalition for Human Rights of Abductees and North Korean Refugees [Coalizão dos Cidadãos pelos Direitos Humanos de Abduzidos e Refugiados Norte-Coreanos] – é propositadamente mínima.

Bandi nasceu na Coreia do Norte em 1950, e participou da Chosun Writers' League Central Committee [Comitê Central da Liga dos Escritores de Chosun], o que significava que foi um integrante aprovado da elite literária da Coreia do Norte, escrevendo propaganda para o Estado. Grande parte de seu trabalho em revistas norte-coreanas foi publicada na década de 1970. Sua política mudou quando testemunhou o trauma nacional e as mortes de amigos e colegas durante a Marcha Árdua de meados da década de 1990. Do Hee-yun escreve sobre Bandi: "As experiências dessa época o levaram a decidir compartilhar com o exterior uma imagem verdadeira da dura sociedade norte-coreana na sua perspectiva". Ele não fugiu da Coreia do Norte, mesmo tendo oportunidade, porque temia pela segurança de sua família. Em vez disso, seu trabalho – tanto em prosa como em verso, que documenta as vidas cotidianas de norte-coreanos sob um governo opressivo – foi contrabandeado através da China.

Em 2017, sete contos de Bandi, traduzidos ao inglês, foram publicados para aclamação internacional em uma obra intitulada *The accusation* [A acusação]. Um volume de poesia lírica, *Os anos vermelhos*, seguiu em 2019. Não é certo se Bandi é uma pessoa ou um grupo de escritores, mas as camadas de simbolismo contidas no pseudônimo testemunham o fato de que Bandi é um escritor altamente treinado e talentoso que também estudou cuidadosamente os mecanismos da propaganda. Em sua superfície, *bandi* é um termo coloquial para vagalume. Mas a primeira sílaba, *ban*, significa "metade", e resulta em muitas palavras tematicamente relevantes com *ban* como prefixo. *Bandi* soa similar a *bando* (반도), que significa "cinta", que pode simbolizar não somente a ZDM que divide a península ao meio, mas também um cinto de couro usado para bater nas pessoas. Bando também significa "meio do caminho" e "península". *Bandi* também soa como *bandae* (반대), "o oposto" ou "opor", no sentido de denunciar o Estado, assim como lembrando o começo da frase *bandeusi* (반드시), que significa "imediatamente", "diretamente" e "sem falta". Uma das leituras inesperadas da primeira sílaba vem do caractere chinês, 飯, que significa "alimento" ou "comer", em sintonia com o tema da desnutrição durante a grande fome de meados da década de 1990.

Essa intensa sobreposição de significados é característico de escritores poéticos, mas também sugere a possibilidade de que a identidade de Bandi tenha sido criada pelo diálogo de mais de uma pessoa. As camadas de significados no pseudônimo também são uma indicação de que a prosa e a poesia de Bandi contêm uma similar codificação densa de significados, usada para revelar a opressão do próprio Estado que o treinou.

Um dos poemas líricos mais explicitamente críticos de Bandi é chamado "Canto do povo vermelho":

> Grande líder, grande líder,
> sois o céu e somos apenas insetos.
> Derrubai-nos com vosso furioso raio,
> mas dizei-nos, apenas dizei-nos que nos amais,
> e se considereis esse pequeno desejo
> não haverá ranger de dentes.
> Grande líder, grande líder,
> sois o açoite – somos cavalos e bois.
> Montais-nos, golpeai-nos, até cansardes,
> só, por favor, por favor, não nos deixeis passar fome ou frio,
> e se considerardes esse pequeno apelo
> não teremos qualquer pensamento fugaz de fazer a travessia.
> Grande líder, grande líder,
> sois correntes de ferro e somos escravos.

Amarrai-nos, atai-nos até cansardes,
só, só, não tapai nossos olhos, ouvidos, bocas,
pois, se considerardes esse pequeno pedido
jamais cogitaremos atacar-vos.

O paradeiro atual de Bandi é desconhecido. Seu trabalho é proibido na Coreia do Norte, e quem for encontrado de posse dele pode enfrentar a pena de morte.

ARIRANG: O HINO REAL DAS COREIAS

A canção popular tradicional "Arirang" (아리랑) está profundamente gravada na alma coletiva dos coreanos. Há mais de 3.600 variantes da canção ao longo da península, com esse número crescendo à medida que cada vez mais versões são postadas online. Cada província e mesmo aldeias específicas têm sua variante da canção, que é cantada em reuniões solenes e festivas. O *Aegukga* (애국가), ou "canção patriótica" – cuja melodia se baseou outrora em "Auld Lang Syne" – é o hino nacional oficial da Coreia do Sul. O *Aeguka* da Coreia do Norte é uma canção usualmente chamada "resplandeça a aurora", que é reminiscente do hino nacional da ex-Alemanha Oriental. Mas "Arirang" é considerado, por muitos coreanos de ambos os lados, o verdadeiro hino nacional das Coreias. De fato, "Arirang" foi submetido para inclusão na lista do Patrimônio Cultural Imaterial da Humanidade da Unesco duas vezes, uma por uma Coreia, outra pela outra.

Há inúmeras teorias sobre a origem de "Arirang", mas sua verdadeira fonte permanece um mistério. Os estudos mais críveis sugerem que a canção tenha sido mencionada pela primeira vez em um manuscrito em 1756, e análises linguísticas sugerem que o termo "Arirang" é uma combinação de *ari* (아리), um antigo termo coreano para "longo", e *ryeong* (령/嶺領), que significa "montanha" e "liderar". Essa leitura está de acordo com a letra, que descreve a passagem pelo desfiladeiro de uma montanha:

Arirang, Arirang, Arariyo
Cruzando o desfiladeiro Arirang
O querido que me abandona
Não caminhará sequer dez *lis* antes de claudicar.

A canção avisa que a consequência de abandonar a interlocutora será claudicar – *balbyeong* (발병), literalmente, "doença do pé" ou "pés doloridos". A canção também pode ser vinculada à lenda da Princesa Bari, a história original para as xamãs coreanas. O nome da Princesa Bari soa como uma referência a "pés", e ela foi a "abandonada", ou Baridegi (바리데기), que trouxe medicamento curativo de uma terra distante além das montanhas. Embora sua letra seja sobe a possibilidade de abandono e separação de uma pessoa amada, a própria canção é muitas vezes unificadora ao ser cantada quando famílias, amigos e outros grupos estão reunidos.

Durante a era colonial japonesa, "Arirang" se tornou uma canção de resistência, e foi cantada no Movimento de 1º de Março de 1919 para protestar contra o domínio japonês. Após a Guerra da Coreia, foi adotado pela 7ª divisão de Infantaria do exército americano como sua canção de marcha oficial. A letra mais conhecida de "Arirang" é a que foi usada no filme perdido de 1926 de mesmo nome dirigido por Na Un-gyu, uma história trágica sobre coreanos oprimidos pelos japoneses. Diz-se que audiências inteiras com lágrimas nos olhos cantavam juntos a canção enquanto o assistiam. Quando Im Kwon-taek ganhou o prêmio de melhor diretor em Cannes em 2002, recitou "Arirang" durante seu discurso de aceitação. Uma década depois, quando Kim Ki-duk aceitou Leão de Ouro no festival de filmes de Veneza, surpreendeu a todos cantando "Arirang" em seu discurso de aceitação, embora tenha dito que cantaria o hino nacional. Kim explicou: "Nós, coreanos, cantamos quando estamos tristes, quando nos sentimos sozinhos, quando nos sentimos desesperados, mas também quando estamos felizes".

REUNIFICAÇÃO: IDEOLOGIA, SONHO OU MITO?

A reunificação da Península Coreana tem sido esperada e planejada desde antes da divisão oficial da Coreia em norte e sul. Tanto norte como sul vivem com o legado trágico da guerra, que devastou a península e deixou a cicatriz da ZDM como um lembrete constante tanto da divisão como da possibilidade de conflito continuado, e desde o armistício de 1953 tanto norte como sul usam a ideia de reunificação como um instrumento político e ideológico. A política norte-coreana da *juche*, por exemplo, inclui implicitamente a ideia da Coreia como uma nação única, unificada e autossuficiente. No sul, o *slogan jayutongil* (자유 통일), literalmente, "unificação livre", é encontrado em *banners* exibidos proeminentemente em cada estrada que chega à área da ZDM ou que sai dela.

Para a geração que tem lembranças imediatas da Guerra da Coreia, o sonho da reunificação é muito real, porque cerca de dez milhões de famílias foram separadas durante o conflito. Algumas foram permanentemente separadas pela ZDM, outras se perderam uma da outra no caos da guerra. Em 1983, um programa televisivo ao vivo chamado "Encontrando famílias dispersas" foi ao ar no Sistema de Televisão Coreano como parte de uma iniciativa nacional para reunir famílias que foram dispersas pela guerra. Milhares de pessoas chorosas se reuniram com cartazes listando os nomes de seus familiares junto a detalhes de identificação. A transmissão ao vivo começou em 30 de junho – cinco dias após o trigésimo aniversário da eclosão da Guerra na Coreia – e continuou até 14 de novembro. Havia sido planejado para durar apenas 90 minutos, mas, no fim, durou 453 horas. Mais de 50.000 pessoas apareceram na televisão e mais de 10.000 famílias foram reunidas. O impacto inesperado da transmissão criou novas esperanças de reunir famílias separadas pela ZDM, e, embora a recepção norte-coreana tenha sido inicialmente sem entusiasmo, em 1985, após negociações da Cruz Vermelha na ZDM, cinquenta pessoas de cada lado tiveram permissão para cruzar a fronteira para se reunir com as famílias. Essa prática tem continuado esporadicamente, exceto quando tensões políticas entre as duas Coreias estão exacerbadas.

Contudo, em anos recentes, números crescentes de coreanos, especialmente no sul, começaram a perder o interesse na ideia de unificação e mesmo a se opor a ela. Isso é mais bem caracterizado em *Meeting with my brother* [Encontrando-me com meu irmão], um conto de 1994, de autoria de Yi Mun-yol, publicado numa tradução para o inglês em 2019. A história pungente, uma memória velada, trata de um professor sul-coreano que faz arranjos para se encontrar com seu meio-irmão, um norte-coreano, na China. O professor ansiara, por muitos anos, por encontrar seu pai, que abandonou sua família e desertou para o norte no começo da Guerra da Coreia. Mas após muitos arranjos fracassados seu pai morreu, e ao professor restou se encontrar com seu meio-irmão, o filho com mais idade da segunda família de seu pai. Durante o conto, vários personagens servem como condutores para o espectro de atitudes com relação à reunificação, que Yi examina como um evento complexo, prolongado e possivelmente desastroso para ambas as Coreias. Por um lado, a reunificação poderia criar uma desvantagem econômica não administrável para o sul. Por outro, a exploração capitalista do norte subdesenvolvido poderia resultar em depredação dos recursos naturais, apropriação de terras e exploração de força de trabalho de baixo custo. Mesmo as muitas diferenças culturais e linguísticas, exacerbadas por mais de meio século de divisão, provavelmente criariam grandes problemas sociais na Coreia reunificada.

Uma península coreana unificada também poderia desestabilizar relações entre as superpotências globais. E se uma Coreia democrática, com pressão política de facções que mantêm os interesses atuais do norte, mudasse sua lealdade dos Estados Unidos para a China, criando um grande golpe para a segurança americana na margem do Pacífico? Essas questões têm esfriado significativamente o sonho de reunificação, particularmente para as gerações mais jovens que não têm memória direta dos horrores da Guerra da Coreia e estão preocupadas com os problemas urgentes da nova era: mudança climática, declínio da taxa de natalidade, ameaça econômica potencial da IA e a ameaça crescente de guerra nuclear. A reunificação pode permanecer um sonho, mas não é o sonho esperançoso das gerações anteriores. Talvez, torne-se um novo mito para o povo coreano.

Linha do tempo

Coreia antiga: Gojoseon c. 2333 AEC-108 AEC

Gojoseon (고조선/ 古朝鮮, Joseon antiga) foi o primeiro reino da Península Coreana. Seu começo e a provável extensão de suas fronteiras são conhecidos somente através de lendas, mas sua existência é corroborada por histórias chinesas. Em 108 AEC, o Imperador Wu da Dinastia Han chinesa conquistou Gojoseon e a dividiu em quatro comandarias (um modo de dividir territórios em prefeituras e as colocar sob administração chinesa).

Os Três Reinos: c. século III EC-século VII EC

Após o reino de Goguryeo (고구려/高句麗, "alto e belo") assumir as quatro comandarias chinesas, o período dos Três Reinos iniciou. Nessa era, a Península Coreana foi dividida em três reinos principais: Goguryeo, Baekje (백제/百濟, "cem países") e Silla (신라/新羅, literalmente, "nova reunião", que provavelmente se refere a uma confederação. Juntos, controlavam não só a península, mas aproximadamente metade do que hoje é a Manchúria.

Grande Silla: séculos VII-X

O reino de Silla unificou a Península Coreana durante a Dinastia Grande Silla. Essa foi uma "era dourada" da arte e da cultura. O budismo prosperou no país, levando à construção de inúmeros templos.

Goryeo: 918-1392

A Dinastia Goryeo sucedeu a Silla Unificada.

1231-1259: Invasões mongóis da Coreia.

1270 até à década de 1350: a Coreia está sob o domínio da dinastia mongol Yuan. Esse período terminou quando a Dinastia

Yuan ruiu e a dinastia coreana Goryeo expulsou as guarnições Yuan da península.

1392: A Dinastia Goryeo é substituída pela Dinastia Joseon após uma rebelião bem-sucedida liderada pelo General Yi Seong-gye, que se torna o Rei Taejo, fundador da dinastia coreana Yi, conhecida agora com Joseon.

Joseon: 1392-1910

A Dinastia Joseon governa a Coreia por mais de cinco séculos.

1443: Invenção da escrita coreana, *hangul*, durante o governo do Rei Sejong o Grande.

1592-1598: Invasões japonesas da Coreia (Guerra Imjin).

1627-1637: Invasões manchus de Joseon levaram ao declínio da dinastia.

Fim do século XIX: Influência ocidental e esforços de modernização.

Fim do século XIX: A Coreia se torna o alvo de ambições imperiais de Japão, China e Rússia.

1910: A Coreia é anexada pelo Japão, marcando o começo da era colonial japonesa.

Pós-Segunda Guerra Mundial e divisão em norte e sul

1945: A Coreia é libertada do domínio japonês no fim da Segunda Guerra Mundial. Esse período é conhecido como pós-libertação.

1945-1948: A Península Coreana é dividida ao longo do Paralelo 38 em duas zonas de ocupação pelos Estados Unidos e pela União Soviética.

1948: A República da Coreia (Coreia do Sul) é estabelecida na zona americana, enquanto a República Popular Democrática da Coreia (Coreia do Norte) é estabelecida na zona soviética.

1950-1953: A Guerra da Coreia eclode, devastando a península inteira. Termina com um cessar-fogo e a divisão continuada entre Coreia do Norte e Coreia do Sul ao longo do Paralelo 38.

A Guerra Fria e a Era Moderna

Tanto a Coreia do Norte quanto a Coreia do Sul experienciam desenvolvimento econômico e modernização rápidos. Entre o fim da Guerra da Coreia em 1953 e o começo da rápida industrialização da Coreia do Sul na década de 1970, a Coreia do Norte tinha um padrão de vida superior para a pessoa média.

1979: Assassinato do Presidente Park Chung-hee e começo da década tumultuosa que encerraria a ditadura militar na Coreia do Sul.

1980: O Levante de Gwangju e o massacre de manifestantes civis pelo exército sul-coreano durante o governo de Chun Doo-hwan marcam um momento decisivo na atitude dos sul-coreanos em relação aos Estados Unidos, que até aquela época era quase universalmente positivo.

1988: Após muita antecipação e preparação, a Coreia do Sul sedia os Jogos Olímpicos de Verão, marcando um momento decisivo da presença global da Coreia.

1991: Ambas as Coreias ingressam nas Nações Unidas.

1994: Morte de Kim Il-sung, que se torna postumamente o "eterno presidente" da Coreia do Norte.

1994-1998: "Marcha Árdua", um período de grande crise econômica na Coreia do Norte após o colapso da União Soviética. Milhões morrem de inanição devido à fome e seca.

2000: O Presidente Kim Dae-jung recebe o Prêmio Nobel da Paz.

2006-Presente: Tensões constantes entre Coreia do Norte e Coreia do Sul, incluindo desenvolvimentos nucleares na Coreia do Norte.

2017: Décima primeira presidente da Coreia do Sul, Park Geun-hye, filha de Park Chung-hee, sofre *impeachment*, é condenada por acusações de corrupção e sentenciada a vinte e cinco anos de prisão. Ela é perdoada em 2021 pelo Presidente Moon Jae-in.

Leitura complementar

ARMSTRONG, B.J. The United States and Korea: Rediscovering artifacts of the naval past, *War on the Rocks*, 17 de janeiro de 2018.

ADAMS, Tim. K-everything: The rise and rise of Korean culture, *The Guardian*, 4 de setembro de 2020.

BANDI. *The Red Years: Forbidden poems from inside North Korea*. Trad. Heinz Insu Fenkl. Londres: Zed Books, 2019.

BERG, Sebastian. *Korean mythology: Folklore and legends from the Korean Peninsula*. Creek Ridge Publishing, 2022.

Brother Anthony of Taizé (ed.). *Eerie tales from old Korea*. Seul: Seoul Selection, 2013.

CAIN, Geoffrey. Soap opera diplomacy: North Koreans crave banned videos, *Time*, 29 de outubro de 2009.

CAWLEY, Kevin N. Korean Confucianism. Ed. Edward N. Zalta. *The Stanford Encyclopedia of Philosophy*, inverno de 2021.

CHA, Victor. *The impossible State: North Korea, past and future*. Nova York: HarperCollins, 2012.

CHAE KYEONG-WEON (texto); Bae In-Yeong (arte). The sea gGirl & the prince. Trad. Bella Dalton-Fenkl. *Words Without Borders*, 2016.

CHO HAK-RAE (texto), Pak Chang-yun (arte). How Kim Seon-dal sold the water of the Daedong River. Trad. Heinz Insu Fenkl. *Asia Literary Review*, vol. 23, primavera de 2012.

CHO HAK-RAE (texto); Ri Chŏl-gun (arte). Blizzard in the jungle. Trad. Heinz Insu Fenkl e Geesu Lee. *Words Without Borders*, 2009.

CHO PYONG-WON. Great General Mighty Wing (excerto). Trad. Heinz Insu Fenkl. *AZALEA: Journal of Korean Literature & Culture*, vol. 2, outono de 2008.

CHOI, IN-HAK. *A Type index of Korean folktales*. Seul: Myong Ji University Publishing, 1978.

CHOI WON-OH. 『창세신화 나타난 신화적 사 유의 재현과 변주 - 창세, 홍수, 문화의 신 화적연관성을 통해』. *Reproduction and variation of mythical thinking in the creation myth: Through the mythical connection of creation, flood, and culture*. Korean Language Education Association, vol. 111, 2003.

CHUNG MYUNG-SUB *et. al.* (eds.). *Encyclopedia of Korean folk literature. Encyclopedia of Korean folklore and traditional culture Vol. III*. Seul: National Folk Museum of Korea, 2014.

DEUCHLER, Martina. *The Confucian transformation of Korea: A study of society and ideology*. Cambridge/Londres: Harvard University Press, 1992.

FENKL, Heinz Insu. The blindman"s daughter: Shimch"ong and other virtuous women, *Realms of Fantasy*, fevereiro de 1999.

FENKL, Heinz Insu. Dangerous women: Fox demons to Lilith, *Realms of Fantasy*, abril de 1999.

FENKL, Heinz Insu. *Korean folktales*. Poughkeepsie, Nova York: Bo-Leaf Books, 2010.

FENKL, Heinz Insu. Tyll Eulenspiegel & Kim Sondal, *Realms of Fantasy*, verão de 2007.

FENKL, Heinz Insu. Reflections on Shamanism and synthesis. *In: New Spiritual Homes: Religion and Asian Americans*. Ed. David K. Yoo. University of Hawaii Press, 1999.

FENKL, Heinz Insu. Virtuous bees: The culture of North Korean comics, *Korean Quarterly*, inverno de 2010.

GRAYSON, James Huntley. *Myths and legends from Korea: An annotated compendium of aAncient and modern materials*. Londres/Nova York: Routledge, 2001.

GRIFFIS, William Elliot. *Korean fairy tales*. Nova York: Thomas Y. Crowell Company, 1922.

HA TAE HUNG. *Folk Tales of old Korea*. Korean Cultural Series, vol. VI. Seul: Yonsei University Press, 1958.

Hallyu: From K-Pop to K-Culture. 『한류 K-Pop 에서 K-Culture 로』. Seul: Ministério da Cultura, Esporte e Turismo e Serviço Coreano de Informações e Cultura, 2012.

HEO JEONG-SIK. 『한국의 창조신화 연구, 창세 가와 천지왕본풀이를 중심으로』 A study of Korea"s creation myths, focusing on genesis and kings of heaven and earth. Dissertação de mestrado da Universidade de Woosuk, 1997.

HONG, Euny. *The birth of Korean cool: How one nation is conquering the world through pop culture*. Nova York: Picador, 2014.

HONG, Man-jong. *Miracles in Korea*. Trad. Dal-Yong Kim. American University Studies Series VII, Theology and Religion, vol. 306. Peter Lang, 2011.

HYUN YONGJUN. 『제주도무속자료사전』 *Jeju Island Shamanism Data Dictionary*. Shingu Munhwasa, 1980.

Ilyon. *Samguk Yusa: Legends & history of the Three Kingdoms of ancient Korea*. Ed. e trad. Ha Tae-Hung. Seul: Yonsei University Press, 2006.

IM BANG; YI RYUK. *Korean folk tales: Imps, ghosts, and fairies*. Trad. James S. Gale. Tóquio: Charles E. Tuttle Co., 1962.

International Cultural Foundation. *Korean folk tales*. Korean Culture Series 7. Seul: Si--sa-yong-o-sa Publishers, Inc., 1982.

KENDALL, Laurel. *Shamans, nostalgias, and the IMF: South Korean popular religion in motion*. Honolulu: University of Hawai'i Press, 2009.

KENDALL, Laurel. *Shamans, housewives, and other restless spirits: Women in Korean ritual life*. Honolulu: University of Hawai'i Press, 1987.

KIM, Anselm K. (ed.). *Korean religions in relation: Buddhism, Confucianism, Christianity*. Albany, NI: State University of New York Press, 2016.

KIM HEON-SUN. 『한국과 유구의 창세신화 비교 연구 - 미륵과 석가의 대결 신화소를 중심으로』 *Comparative study of Korea and Yugu's creation myths: Focusing on the myth of the confrontation between Maitreya and Buddha*. Korean Classical Society, 2002.

KIM, Joshua. What superstitions and urban myths exist in North Korea?, *Ask a North Korean, NK News*, 4 de julho de 2022.

KIM MAN-JUNG. *The nine cloud dream*. Trad. e introdução: Heinz Insu Fenkl. Penguin Classics, 2019.

KIM SO-UN. *The story bag: A collection of Korean folktales*. Trad. Higashi Setsu. Tóquio: Charles E. Tuttle Co., 1955.

KIM YŎNG-SAM (texto), Ha Chŏng-a (arte). "The crystal key". Trad. Heinz Insu Fenkl. *Korean Quarterly*, 2006-2008.

KIM YOUNG-IL. 『한국무속과 신화의 연구』 *Research on Korean Shamanism and mythology*. Sejong Publishing House, 2005.

KIM YOUNGMIN; PETTID, Michael J. (eds). *Women and Confucianism in Chosŏn Korea: New perspectives*. Albany, NI: State University of New York Press, 2011.

KOEHLER, Robert. *Religion in Korea: Harmony and coexistence*. Korea Essentials 10. Seul: Seoul Selection, 2010.

KOH BYUNG-JOON. N. Korea"s myth-making approach shows signs of change under young leader: experts, *Yonhap New Agency, All News*, 11 de março de 2019.

LEE, Jean H. Parsing the propaganda: What to make of Kim Jong Un on a white horse, *The Wilson Center Asia Dispatches*, 29 de outrubro de 2019.

LEE JIYOUNG. 『한국의 신화 이야기』 *The story of Korean myths*. Sagunja, 2003.

LEE JIYOUNG. 『창세시조신화의 전승변이에 관한 연구』 *On transition and variation of the myth of the founder of the creation. Research on Korean language and literature*, Gwanak Language and Literature Research, 1993.

LEE KYUNGDUK. 『창세기와 천지왕본풀이』 *Genesis and the origin of the king of heaven and earth*. 21st Century Books, 2013.

LEE, Peter H. (ed.). *Myths of Korea*. Compilado por Seo Daeseok. Korean Studies Series 4. Seul: Jimoondang, 2000.

LEE, Peter H. (ed.). *Oral literature of Korea*. Compil. Seo Daeseok. Korean Studies Series 31. Seul: Jimoondang, 2005.

LIM SEOK-JAE. 『관북지방무가 (추가)』 *Gwanbuk local shaman song* (Addendum). Cultural Heritage Administration, 1966.

MARTIN, Bradley K. *Under the loving care of the fatherly leader: North Korea and the Kim Dynasty*. Thomas Dunne Books, 2004.

MARTIN, David L., Commander USN; Nastri, Anthony D., Major USMC. The foot of a duck, *Proceedings*, vol. 103/4/890, abril de 1977. US Naval Institute.

MASŎN, David A. *David A. Mason's San-shin website*. 2023.

MCNEILL, David. How myths and lies created a nation in thrall to its leader, *The Independent*, 20 de dezembro de 2011.

MIN, Anselm K. (ed.). *Korean religions in relation: Buddhism, Confucianism, Christianity*. Albany, NI: Suny Press, 2016.

MOK YONG JAE; EUGENE WHONG. North Korean founder Kim Il Sung did not have the ability to teleport, state media admits. Trad. Leejin Jun. *Radio Free Asia*, 22 de maio de 2020.

MUSAN Cho OH-HYUN. The otter and the hunter. Trad. Heinz Insu Fenkl. Ilustrações de Bella Dalton-Fenkl, *SIJO*: An International Journal of Poetry and Song, outono de 2019.

MUSAN Cho OH-HYUN. *Tales from the Temple*. Trad. Heinz Insu Fenkl. New Paltz, NI: Codhill Press, 2019.

ŎM CHŎNG-HUI (texto), Ko Im-hong (arte). The Secret of Frequency A. Trad. Heinz Insu Fenkl e Jungbin Yoon. *Words Without Borders*, 2011.

ONISHI NORIMITSU. What's Korean for "real man"? Ask a Japanese woman, *The New York Times*, 12 de dezembro de 2004.

PARK, Jongsung. Song of the creation of the universe, *Encyclopedia of Korean Folk Culture*. National Folk Museum of Korea, 2019.

PARK YONG-GUN (ed.). *Traditional tales of old Korea* (5 vols.). Seul: Hanguk Munhwa Publishing Co., 1975.

PIHL, Marshall R. *The Korean Singer of Tales*. Boston: Harvard University Press, 1994.

RIORDAN, James. *Korean Folk-tales*. Oxford Myths & Legends Series. Nova York: Oxford University Press, 1994.

RUSSELL, Mark. *Pop goes Korea*. Berkeley: Stone Bridge Press, 2009.

RYANG, Sonia. *Reading North Korea: An ethnological inquiry*. Harvard East Asian Monographs 341. Cambridge, MA: Harvard University Press, 2012.

SEO DAE-SEOK. 『한국 신화의 연구』 *Research on Korean mythology*. Jimoondang, 2001.

YI MUN-YOL. *Meeting with My Brother*. Trad. Heinz Insu Fenkl e Yoosup Chang. Nova York: Columbia University Press, 2017.

ZONG, In-sob. *Folk tales from Korea*. Londres: Routledge & Kegan Paul, 1952.

AGRADECIMENTOS

Minha profunda gratidão a muitas pessoas que me ajudaram a aprender o coreano, que me permitiu escrever este livro: Claire Jungran Kang, cujas aulas de coreano eu frequentei em Vassar; e meus tutores e amigos, Sulgi Koo, Jungbin Yoon, Eunkyo Cho, Lily Kim, Geesu Lee, Scarlet Choi e David Lee. Gostaria de agradecer à equipe do Frances Lehman Loeb Art Center da Faculdade de Vassar, incluindo Margaret Vetare, Elizabeth Nogrady, Patricia Phagan, Mary-Kay Lombino e Francine Brown, pelos anos em que tive oportunidade de aprender, de perto, sobre arte ao longo das épocas, e de educar outros sobre isso. Gostaria também de agradecer aos professores de História da Arte, cuja orientação me preparou para a pesquisa necessária na escrita deste livro: Brian Lukacher, Susan Donahue Kuretsky, bem como Jin Xu, que generosamente compartilhou objetos de sua coleção de arte asiática comigo e meus alunos para estudo. Agradecimentos especiais também aos professores Ron Patkus, Marc Epstein, Peter Antelyes, Michael Joyce, Farida Tcherkassova e David Means. Sou grato também a meu companheiro, Lukas Roselle, que me apoiou por anos e atuou como meu primeiro leitor e admirador ao longo desse processo!

Bella Myŏng-wŏl Dalton-Fenkl

Há muitas pessoas a agradecer: Walter Fairservis, que me introduziu ao estudo formal das histórias populares; Frederick Carriere, por seu apoio generoso e por me presentear com muitos volumes do obscuro folclore coreano; Peter H. Lee, por me recomendar como o tradutor de *O sonho das nove nuvens*, e pela oportunidade de contribuir para o volume *Oral Literature of Korea*; Musan Cho Oh-hyun, por esclarecer a convergência de línguas em sua poesia; Kwon Youngmin, por seu apoio e encorajamento contínuos com o estudo da literatura budista; Lee Young-Jun, por me convidar para editar o número Coreia do Norte de *AZALEA*; Stephen Wunrow e Martha Vickery na *Korean Quarterly*, por publicarem as primeiras traduções importantes de histórias em quadrinhos norte-coreanas; e os editores em *Words Without Borders*, por incluir excertos de romances gráficos norte-coreanos ao longo dos anos. Muito obrigado a Rob McQuilkin, Max Moorhead e Ellie Roppolo em MMQ por seu apoio maravilhoso. E, é claro, sem Anne para manter as histórias e análises vivas e coerentes, eu, certamente, não poderia ter feito justiça a "Os espíritos da história".

Heinz Insu Fenkl

Nós ambos gostaríamos de expressar nossa apreciação a Ben Hayes, India Jackson, Jen Moore, Yasmin Garcha e Celia Falconer em Thames & Hudson por nos darem a oportunidade de trabalhar neste projeto, emprestando-nos sua competência, e nos dando a liberdade para expressarmos honestamente nossos pensamentos.

FONTES DE ILUSTRAÇÕES

Roland e Sabrina Michaud/akg-images
The Protected Art Archive/Alamy Stock Photo
CPA Media Pte Ltd/Alamy Stock Photo
Christian Kober 1/Alamy Stock Photo
Album/Alamy Stock Photo
The History Collection/Alamy Stock Photo
Godong/Alamy Stock Photo
Hakbong Kwon/Alamy Stock Photo
JIPEN/Alamy Stock Photo
David Parker/Alamy Stock Photo
Collection Christophel © Myung film/Alamy Stock Photo
World History Archive/Alamy Stock Photo
Cortesia dos autores
© Sistema de Radiodifusão Coreano (KBS)
Cortesia dos autores
Brooklyn Museum of Art
Universidade para Mulheres Ewha
Anthony Wallace/AFP/Getty Images
Eric Lafforgue/Art In All Of Us/Corbis via Getty Images
Wolfgang Kaehler/LightRocket/Getty Images
Biblioteca Nacional da Dieta, Japão
Academia de Estudos Coreanos, Jiyoung Kim
Administração do Patrimônio Cultural, Coreia
Cortesia do Arquivo de Filmes Coreanos
Museu de Arte Kansong, Coreia
Digital Image Museum Associates/LACMA/Art Resource NI/Scala, Florença
Mary Evans/Grenville Collins Postcard Collection
Museu Folclórico Nacional da Coreia
Museu Nacional da Coreia

Metropolitan Museum of Art, Nova York
Philadelphia Museum of Art
Curioso. Photography/Shutterstock
Jeonghyeon Noh/Shutterstock
magr80/Shutterstock
Tawin Mukdharakosa/Shutterstock
yeouudu/Shutterstock
SuperStock/DeAgostini
Library of Congress, Prints and Photographs Division, Washington, D.C.
뭘로할까 /Wikimedia Commons 92

ÍNDICE

Biografias dos autores

Heinz Insu Fenkl é professor de inglês na State University of New York. Ele é reconhecido internacionalmente por sua coletânea de contos populares coreanos e por suas traduções de ficção coreana contemporânea e textos budistas clássicos.

Bella Myŏng-wŏl Dalton-Fenkl é artista e fotógrafa, com trabalhos exibidos na Water Street Gallery, em New Paltz, NY, e nos centros de arte Mill Street Loft e Barrett Art Center, em Poughkeepsie, NY. Suas fotografias também foram publicadas na revista *Azalea: Journal of Korean Literature & Culture*.

Conecte-se conosco:

facebook.com/editoravozes

@editoravozes

@editora_vozes

youtube.com/editoravozes

+55 24 2233-9033

www.vozes.com.br

Conheça nossas lojas:

www.livrariavozes.com.br

Belo Horizonte – Brasília – Campinas – Cuiabá – Curitiba
Fortaleza – Juiz de Fora – Petrópolis – Recife – São Paulo

EDITORA VOZES LTDA.
Rua Frei Luís, 100 – Centro – Cep 25689-900 – Petrópolis, RJ
Tel.: (24) 2233-9000 – E-mail: vendas@vozes.com.br